アルフォンス・ドーデ他　著

短編繍

マテーシス 古典翻訳シリーズ XIII

高橋昌久　訳

風詠社

目次

凡例

一．表紙の装丁は川端美幸氏による。

二．小社の刊行物では、外国語からカタカナに置換する際、原則として現行の現地語の発音に沿って記載している。ただ、本書では訳者の方針から、古典ギリシアの文物は再建音で記載している（アガピ→アガペーなど）。なお、脚注にできるかぎり現代語のカタカナ表記を付した。

三．「訳者序文」の前の欧文による文言は、訳者が挿入したものである。

四．本書は京緑社の kindle 版第十版に基づいている。

Eh, Monsieur, un roman est un miroir qui se promène sur une grande route

“La rouge et le noir” Stendhal

「あら、小説というのは大通りを歩いて行く時に持ち運ばれる鏡ですよ、ムシュー」

『赤と黒』スタンダール

訳者序文

『短編繍』は私の今までの文学遍歴の中で好きな短編をピックアップし、それを翻訳した上で収録したものである。選んだ小説の国は一つだけに留まらず複数から選んでおり、また日本の短編からも選んでいる。自分で言うのもなんだが、結構バラエティに富んだ短編集が出来上がったのではないかと思う。自分でも翻訳していて楽しかったので、また機会があればこの『短編繍』の第二弾を出すことができれば、と思っている。

高橋　昌久

星（『風車小屋からの手紙』より）

アルフォンス・ドーデ（Alphonse Daudet）

Les Étoiles（de Lettres de mon moulin）

リュブロンの山で羊たちの番をしていた頃、僕は数週間ずっと誰とも会うこともなく、牧場で自分の犬のラブリと羊たちだけで過ごしていた。時々、モン＝ド＝リュールの隠者が薬草を探しに来て通り過ぎていったり、ピエモンテ周辺の炭焼き男の黒い顔を見かけることはあった。しかしそういった人たちは一人でやってくるから口を開くことはなく、他人と話をする楽しさも忘れてしまい、村や街で流れる噂話についても何も知らない、世間とは無縁な人たちであった。だから半月してから、次の半月分の食糧を運んでくる農場のラバの鈴の音が山道で聞こえてきたり、丘の上に小さくて元気いっぱいな様子のミアロ（農場の少年）の姿や年とったノラードおばさんの赤茶色の帽子が少しずつ見えてきた時は、僕はとても嬉しかった。山の麓での、洗礼や結婚の話を僕は色々聞かせてもらったりする。でもその中でも特に好きなのは、自分の仕えている主人の娘さん、ここ一帯では一番綺麗なステファネットお嬢さんがどうしているのかについて聞くことだった。あまり知りたいという様子は見せないまま、彼女が宴会や夜の集いによく出かけたり、彼女に言い寄る新たな男たちが相変わらずいるのかということを聞き出したりした。山の貧しい羊飼いの癖にそんなことを聞いてどうするんだと僕に言ってくる奴がいたら、僕はもう二十歳で、そのステファネットお嬢さんは僕が人生で見てきた中で最も美しい女性だと答えよう。

ところで、ある日曜日に次の半月分の食糧を待っていたところ、全然届いてこないことに気づいた。朝だと僕は「大きなミサがあるからなんだろう」と自分に言い聞かせた。そして昼ごろになると、大きな嵐がやってきて、「道の通りが悪くてラバは出かけることができなかったんだな」と考えた。ついに三時ごろ、空はまた澄むようになり、山が露と太陽の光を照らされて、葉っぱの滴る水滴と水が溢れる小川の音の間にラバの鈴の音が聞こえてきて、それは陽気で素早い音で、復活祭の日に響いてくる鐘のような音だった。でもそのラバを曳いていたのは小さなミアロでも年取ったノラード婆さんでもなく、それは、それは……。当ててみてよ……！我らがお嬢さん、お嬢さんその人だったんだ！柳の籠の間にまっすぐ座っていて、山の空気と嵐の後の爽やかさで顔がすっかり赤くなってしまっていた。

小さいミアロは風邪だったし、ノラードおばさんは子供のところに行ってここにくることはなかった、と美しいステファネットがラバから降りて教えてくれた。さらに、道がわからなくなったからこんなに遅くなったとも教えてくれた。でも彼女が花模様のリボンや煌めくスカートやレースで身を飾っているのを見ると、草叢で道に迷っていたというよりダンスでもしていたから遅れたというような様子だった。ああ、素敵なお嬢さん！僕の眼はそんな彼女に釘付けだった。今までこんなに近くで彼女を見たことなんて本当になかったんだ。ある冬、羊たちが平野に降りていって僕が夕食のために農家の方へと帰っていくと、お嬢さんが広間を通っていくことがある。いつも着飾って元気そうに、召使いたちには声をかけず、少し生意気そうに。そして今、そのお嬢さんが僕の前にいるんだ、ただ僕の前だけに。こんな状態で正気でいられることなんてあり得る？

籠から食糧を引っ張り出すと、ステファネットお嬢さんは周りをもの珍しそうに見始めた。繊細そうな晴れ着の綺麗なスカートを少し捲し上げて、囲い場のところに行ったり、僕が寝ていたところ、羊の毛皮が敷いてある藁床、壁にかけられている僕のケープ、僕の杖、僕の石鉄砲とかを見たりした。どれもこれも、お嬢さんは見て楽しそうだった。

「じゃあ、君はここに暮らしているの、可哀想な羊飼いさん？いつも一人ぼっちで、退屈で仕方ないでしょ！いつも何してるの、何を考えているの……？」

僕はこう答えたくて堪らなかった。「あなたのことですよ、お嬢様」。そう言っても決して嘘じゃなかったでしょう。でも僕はすっかりどぎまぎしちゃってて、言葉一つ喋ることができなかった。お嬢さんの方もそれに気づいたみたいで、意地悪な彼女はもっと僕を困らせようとして面白がった。

「それで、羊飼いさん、君のいいお友達はたまには会いにやってくるの……？きっとそのお友達は金色の山羊に違いないわ、じゃなかったら山のてっぺんばかり走り回る妖精エステレルね……」

でもそんな風に僕にしゃべっているお嬢さんの方こそ、妖精エステレルのようで、仰向けになってかわいらしく笑うところや、やってきたと思ったらすぐにどこかに行ってしまうようなところがまさにそうだったんだ。

「それじゃあね、羊飼いさん」

「さようなら、お嬢様」

そうしてお嬢さんは空になった籠を抱えて行ってしまった。

彼女が坂の小道へと消えてくと、ラバの蹄で転がっていく一つ一つの小石が、僕の心に落ちてくるような気がした。僕はそれをずっと聞いていた、ずっと。そして太陽が沈むまで、眠たいままちっとも動くことなくずっとそこにいて、まるで夢の世界に入ってしまうような状態だった。夕方になってくると、谷底が青くなり始めて羊たちが互いに鳴きながら囲い場へと戻ろうとしていた時、坂道から僕を呼ぶ声が聞こえてきて、すると僕たちのお嬢さんの姿が目に入ってきた。でもいつものような絵はなくて、寒さと怯えと濡れていることから体が震えていた。どうも丘の麓ではゾルグ川の水がさっきの嵐の雨でいっぱいになっていて、なんとか無理に渡ろうとしたら溺れそうになったみたいだった。こんな夜の時間に家に戻ろうとするなんて恐ろしいことだ。お嬢さんが一人だけで近道を見つけるなんてとてもじゃないけどできないし、かといって僕の方も羊たちを置いていくわけにはいかない。山の上で夜を過ごすかどうかお嬢さんはとても悩んだ。特に自分の家族の人たちを心配させるのだから。でも僕は、彼女をできるだけ安心させるように頑張った。

「七月の夜は短いのですよ、お嬢様……。少し我慢すればいいだけですから」

そして僕はお嬢さんの足と、ゾルグ川の水で濡れた服を乾かすために急いで火を起こしていった。それから牛乳とチーズを持ってきた。でも可哀想なこの娘は身を暖めたり食べようとしたりもせず、目に浮かんだ大粒の涙を見ていると僕も泣きたい気持ちになった。

そうしているうちにすっかり夜が更けた。山の頂にはぼーっとした太陽の光が、西の方に靄のような光が残っているだけだった。僕はお嬢さんに囲い場の方に入って休んでもらおうとした。新鮮な藁な上に出来立ての美しい毛皮を敷いて、「おやすみなさい」と言った。そして表のドアの前に僕は座りにいった。こんな状態に僕の血は恋で燃えたぎっていたけれど、悪い考えを浮かべることがなかったことは神様が知っておいでだ。僕にあったのは、僕が仕えている主人の娘さんが囲い場の隅っこで、不思議そうに目をじっと向けている羊たちのすぐ近くで、どの羊よりも大切で純白な羊として僕に守られながら寝ていると思うと、とても大きな誇りを感じるのだった。空がこれほど深く、星がこれほど輝いているのを僕は見たことがなかった……。すると突然囲い場の柵が開いて、美しいステファネットお嬢さんがやってきた。眠れなかったようだ。羊たちが藁をガサガサと音を立てたりしながら動いたり、夢を見ながら鳴いたりしていた。彼女は火のそばに来たがっていたのだ。それを見て取った僕は彼女の肩に山羊の皮を投げかけて、火を起こした。そして僕たちは互いに寄り添って話すことなくそこに座ったままでいた。もし読者の皆さんが美しい星空の下で過ごしたことがあるのなら、僕たちが眠りに入った時に不思議な世界が音一つない静けさに目を覚ますことを知ってらっしゃることでしょう。その時、泉はますます明快な歌を歌い、湖の沼が小さな火を灯していた。あらゆる山の精が自由に行ったり来たりする。そして空中の葉擦れの聞こえないくらいの微かな音なのに、まるで枝が大きくなっていって草が生えていくかのような音を響かせる。昼間だとそれは生き物たちの世界だけど、夜になるとそれは物の世界だ。それに慣れてない人だと怖がってしまう……。お嬢さんもすっかり怯えてしまって、ちょっとでも音が聞こえてくると僕の方に寄り添ってくる。ある時、下の方で光っている湖の沼から、悲し気で長い叫び声が僕たちの方へと波打ちながら上がってきた。そして同時に、美しい星が流れ星として僕たちの頭の上をそれと同じ方向へと滑るようにして飛んでいった。それはまるで、今波打ってきた悲しい叫びが光となって星に連れて行かれたかのようだった。

「あれは何かしら？」とステファネットお嬢さんはそっと僕に訊いた。

「天国へと昇ってく魂ですよ、お嬢様」と僕は十字架を切った。

彼女も十字架を切って、とても熱心に顔を空へと向けていた。そして僕に訊いた。

「羊飼いさん、君たちは皆魔法を使えるって本当なの？」

「そんなことないですよ、お嬢様。でもここだと山に降りたところよりも星に近いから、星についてもその分僕たちは詳しいんですよ」

お嬢さんはまだ顔を上に向けていた。頭は手に支えられていて、まるで天の小さな羊飼いのように羊の皮膚を体に包んでいた。

「まあたくさん！綺麗！あんなの見たことないよ……。あの名前も知ってるのかしら、羊飼いさん？」

「ええ……。ほら！ちょうど僕たちの真上にあるのが、『聖ヤコブの道』（銀河）。フランスからまっすぐにスペインへと流れています。勇敢なシャルルマーニュがイスラームに勝利した時、ガリシアの聖ヤコブがシャルルマーニュに道を教えてあげるため示してあげたものです。もっと遠くには『魂の車』（大熊）で四つの車輪が光っているのです。その前をいく三つの星が『三匹の獣』で、その一番後ろにある三つ目のとても小さい星が『荷車の御者』です。その周りにある雨が降っているような星が見えますか？あれは神様がおそばに置いておきたくないとされた魂なのです。その少し下にあるのは『熊手』あるいは『三人の王様』（オリオン）です。それは僕や他の羊飼いたちにとっては時計としての役割も持っているんですよ。それを見ただけで、今は深夜が過ぎたというのが分かります。そしてそのさらに少し下のやはり南にあって光っているのが、『ジャン・ド・ミラン』（シリウス）です。星の中での松明です。その星については、羊飼いたちはこんな話をしています。ある晩に、『ジャン・ド・ミラン』が『三人の王様』と『雛籠』（プレアデス）と一緒に仲間の星の結婚式に呼ばれたとされています。『雛籠』が一番早くすぐに出発して、高くまで昇っていったと言われています。ほらあれですよ、あの高い、空の一番上です。『三人の王様』はもっと低いところを横切っていって『雛籠』に追いついたんです。でも『ジャン・ド・ミラン』といえばとても怠け者で他はもう出ていったというのに遅くまで眠ったままでいて、完全に置いてきぼりだったんです。それで怒ってしまい、あいつらを捕まえるために持っていた杖を投げつけたのです。なので『三人の王様』は

『ジャン・ド・ミランの杖』とも呼ばれているのです……。でも夜空いっぱいの星の中で一番綺麗なのはですよ、お嬢様、僕たちの星である『羊飼いの星』です。夜明けに僕達が羊を連れて外に出る時や、晩に戻ってくる時に光ったりします。僕たちはそれを『マグロンヌ』とも呼んでいます。美しい『マグロンヌ』は『ピエール・ド・プロヴァンス』（土星）を追って、七年毎に『ピエール』のところへとお嫁に行くのです」

「あら！じゃあ星たちも結婚するというのね、羊飼いさん？」

「ええそうですよ、お嬢様」

そして僕がその星たちの結婚がどういうものかを説明しようとしていると、僕の方に何か冷たげで柔らかいものが寄りかかってくるのを感じた。それは彼女の眠ってしまって重たくなった頭が、リボンやレースや縮れた髪をかすかに押し当てながら、僕に寄りかかっていたのだった。お嬢さんはそのまま星空が朝の光に消されて薄れていくまで動かないまま僕にもたれかかっていた。僕はといえば、彼女が寝ているのをじっと見ていた。少しどぎまぎしていたけれど、美しい思いばかり僕に送ってくれたこの澄んだ夜に守られているのを感じていた。僕たちの周りに浮かんでいる星たちは、まるで羊の大群のようにそっと静かな歩みを続けていった。そして僕は時々この星たちの中の、一番美しくて輝いている星が道に迷っちゃって、眠たいから僕の肩のところにもたれかかってきた様子を思い浮かべていた……。

エスキモー娘のロマンス話

マーク・トウェイン（Mark Twain）

The Esquimau Maiden's Romance

「ええトウェインさん、私の生活で知りたいことあれば何でも教えるよ」と彼女は静かな口調で言った。そしてその誠実そうな両目を私の顔に穏やかに向けた。「だって私のことが好きになって知りたがるなんて、あなたいい人で親切なんだもの」

彼女はぼんやりした様子で、自分の頬についている鯨の脂肪を小さな骨製のナイフで擦り落とし、それを毛皮の袖へと移して、北極光が空から燃えるような光を差し込ませているのを眺めていた。その光は人気のない雪平原と神殿のような形をした氷山を虹色の輝きに染めて、言葉では言い表せぬほどの絢爛さと美しさを添えていたのである。だが彼女は夢心地な気分を振り払って私が聞きたいと尋ねた慎ましくて短い身の上話をするつもりでいた。

彼女は私たちが長椅子のつもりで使っていた氷の塊の上に快適に身を寄せていて、私も話を聞く姿勢をとった。

美しい娘だった。これはエスキモーの人々から見た場合の話であるが。エスキモーではない人たちが見ると些かぽっちゃり気味だと思ったことだろう。ちょうど二十歳で、属していた部族の中で最も魅力的な娘であると考えられていた。今は外に出ていて、どこかく窮屈で不恰好な毛皮のコートやズボン、長靴と大きな頭巾をつけていたのだが、それでも彼女の顔の美しさは表れていたのだ。だが体形については人からの情報を信用する他なかった。父が快くもてなしてくれる穴蔵に行き来する客たちの中で、彼女と並ぶくらいの娘は一人と見かけなかった。そして別に箱入り娘らしく甘やかされた訳ではなかった。可愛らしく自然的で誠実であり、たとえ自分が美しい存在であることを意識していたとしても、そのことを意識していると思わせるような素振りをすることはなかった。

私は彼女と毎日付き合うようになってから一週間経ったが、彼女のことをよく知るにつれ、それだけ彼女のことが好きになっていった。極地としてはとても珍しく愛情を込められ丁寧に育てられていた。というのも父親が部族の中で一番重要な人物であり、エスキモー的な技能においてトップレベルの水準にあったからである。私はラスカ（それが彼女の名前であった）と一緒に壮大な氷原を犬に乗って横断し、彼女と一緒にいるといつも楽しく、会話をすることも快適だと感じていた。一緒に釣りにも行ったが危険な小舟に乗るのではなく、あくまで後ろをついていき、彼女が死ぬほど正確な槍捌きで獲物を仕留めるのを見ていただけである。一緒にアザラシ狩りに行ったこともある。彼女とその家族が残されていた鯨から脂肪を取り出す作業をしていた時にそのそばで私が立っていたことも何回かあるし、熊を狩りに行く時も一緒に途中までは行ったが、終わる前に背を向けて帰ってしまった。というのも心の底では私は熊が怖かったからである。

だがともかく、彼女はこれから身の上話をするようになり、こう言った。「私たちの部族は他の部族と同じように氷の海の上をあちこち放浪してきたのですが、お父さんは二年前にその放浪生活にうんざりしてこの大きな家を凍った氷の塊で建て上げたのです。ほら見て。二メートルくらいの高さもあって、他の家よりも三倍も四倍も幅があるの。そしてこの家ができてからずっとそこに住んでいたのよ。お父さんは自分の家にとても誇らしげで、それも当然のことだわ。だってよく見てみれば、普通の家よりどんなに立派で完全にできているか分かるんだから。でももし見たことがないというのなら絶対見ないと。だって普通の家ではとても見られないような贅沢な設備があるんだからね。たとえば、あなたが『客間』と呼んだ場所の奥には家族とお客さんが食事をする時のための高くなった壇があるんだけど、それは今まで見てきたどんな家のよりも大きいのよ、そうじゃない？」

「ええ、確かにそうですね、ラスカ。どの家よりも大きい。アメリカのどんな立派な家にだってそれと同じようなものはありませんよ」。そう言うと、彼女は得意になり嬉しそうな様子で目が輝いたのであった。私もそんな彼女に倣った。

「さぞ驚いたことでしょうね」と彼女は言った。「もう一つあるの。普通のベッドよりもずっと深く毛皮が敷いてあるの。あらゆる種類の毛皮、アザラシ、ラッコ、銀白色の狐、熊、テン、クロテン、毛皮という毛皮が全部敷かれているの。そしてあなたが『ベッド』と呼んでいる、壁に沿って置かれている氷の寝椅子についても同じね。あなたの国で設置されている壇や寝椅子はもっといいものなの？」

「いや、そんなことはないですよ、ラスカ。とてもかなわない」。そう私が言うとやはり彼女は喜んだ。ただ頭に思い描いていたのは美的感覚の鋭い父が手元においていた毛皮の数量なのであり、決してその質ではなかった。これだけたっぷりとある上等な毛皮があれば、私の国なら相当な財産になると言ってもよかったが、それを理解できなかっただろう。部族の間では品質は裕福さとは看做されなかったのである。彼女が今着ている服や、周りにいる一般的な人々の日常的な服も、一二〇〇ドルや一五〇〇ドルの価値があるし、私の国で釣りに行くために一二〇〇ドルもするような服を着て行くような人と知り合ったことはない。とはいえそう伝えたところで彼女は理解しなかっただろうから、何も言わないことにした。言葉を続けた。「それから汚水槽ね。客間に二つあって、家のそれ以外の場所にもう二つあるの。客間に二つある家なんてとても珍しいの。あなたの国では客間に二つなんてある？」

そういった槽を思い出すと思わず息を呑んでしまうのだが、そのことに彼女が気づく前になんとか気を取り戻し、どこか興奮気味で彼女に言った。

「ねぇラスカ、自分の国について打ち明けることなんて恥ずかしいですよ。それに信頼して打ち明けているのでそれ以上は言わない方がいいかと思いますよ。でもニューヨークの最も裕福な人間でも客間に汚水槽が二つも持っている人はいないということは誓ってもいいですよ」

無垢な喜びで彼女は毛皮に覆われていた両手を叩き、大声を出した。

「あら、そんなはずはない、そんなことがあるはずがないじゃない！」

「いいえ、私は本気で言っているのですよ。私の国にヴァンダービルトという人がいて、その人は世界で一番と言っていいくらい金持ちの男なんですよ。そして私が死にそうになってベッドに横になっていてもこう言えるのですが、そんな彼ですらも客間に二つもそれを設置していないのですよ。いや、それどころか一つすら設置していない――もしこの話が嘘だとわかったらこの場で死んでもいいくらいです」

彼女は驚いてその美しい目を大きく見開いた。そしてゆっくりと多少畏れているような声で言った。

「なんて不思議、信じられない、そんなこと本当だなんて思えない。その人はお金全然持っていないの？」

「いやいや、そういうわけじゃないんですよ。その人は別に金を払うことを気にしているわけじゃない。で、でも、その、なんというか、あー、まるで見せびらかしていると思われるじゃないですか。そうそう、それそれ、見せびらかしちゃうんですよ。その人はそういう面では一般的な人で、見せびらかそうとすると怖気付いちゃうんですよ」

「でもそう言って謙遜するのはいいことだわ」とラスカは言った。「あまりに謙遜し過ぎさえしなければね。でもその人の客間はどんな感じなの？」

「まあ、結構見栄えはよろしくなくて物足りないでしょうが」

「そうでしょうね！汚水槽が客間にないなんて聞いたことないわ。それでその家は立派なのかしら――他の点では？」

「ええ大層立派ですとも。とても高い評価を受けているものです」

娘の方はしばらく沈黙して、蝋燭の端っこを齧りつつ夢見心地に座っていて、どうやら考えをまとめようとしていた。やがて頭を少し振ってきっぱりと自分の意見を言った。

「まあ、私なりの考えとしては謙遜も行き過ぎると見せびらかしてしまうようなものもあるね。そして客間に二つの汚水槽を設置することが可能であえてそれをしないというのなら、確かにその人が心の底から謙遜しているというのもあり得るけれど、単に客たちを驚かしてやろうと考えている方が百倍もあるわね。私の判断としては、あなたのいうヴァンダービルドさんという人がその辺のことをよく分かってると思うの」

二つの汚水槽を設置するというのは自分の集落においては立派な基準かもしれないが、その基準を他の人々にも当てはめることは公平ではないと思い、この判断を訂正させようとも思った。だがそう頭から決めてかかっていたので、聞き入れてくれなかっただろう。やがて彼女はこう言った。

「あなたの国の金持ちの人たちは、私たちのような優れて大きな氷からできた質のいい寝椅子は持っているの？」

「ええ、私の国の人たちもかなりいいのを持っています、十分にいいのをね。でも氷からは作られていないですね」

「それ聞きたい！どうして氷からできていないの？」

それがどれほど難しくて、氷の配達人には目が離せず、実際の氷よりも氷の貨幣の方がよっぽど重たい国では氷がどれだけ高い値段がするのかを説明した。すると彼女は大声を出した。

「あら、あなたのところでは氷は買うものなの？」

「ええ、ほんとそうしなければならないのですよ」

そういうと彼女はどっと悪意のない笑い声を出してこう言った。

「そんな馬鹿な話今まで聞いたことないよ！だってこんなにたくさんあるじゃない、一銭の価値にもなりゃしない。今ここにだって百マイルも続く氷があるじゃない。それ全部くれるって言われたって魚の嚢だってあげないよ」

「それはあなたが氷の価値の測り方をわからないからですよ、小さくてお馬鹿な田舎者さん。もし真夏のニューヨークでこれだけの氷を持ってれば、市場に売られている鯨全部買うことだってできますよ」

疑り深く私の方を見て言った。

「本当のことを言ってるんだよね？」

「そうともさ。誓ってもいい」

こう言うと考え込んだ。やがて少しため息をついてこう言った。「そこに住めたらいいな」

私としてはただ彼女に理解できるような価値を測るための基準を与えてやりたかったのだが、その目的はあらぬ方向へと行ってしまったようだ。私の言葉で彼女はニューヨークでは鯨は安くてたくさんあるという印象を与えてしまい、鯨を食べたいと涎を出させただけに終わった。私がもたらしたこの悪い結果を宥めるためにこう言った。

「でもここに住んでいたら鯨の肉なんて別にどうでもいいと思うでしょう、ここに住んでいる人はみんなそうだよね？」

「何それ！」

「もちろん欲しがりませんよね」

「どうして欲しがらないの？」

「え、ええと、よく分からない、かな。そんな偏見があるんですよ、多分。そうそう、それだ、そういう偏見ですよ。おそらく誰か暇な人が気分が乗った時に、そんな偏見を植え付け回って、そしてそんな気まぐれみたいな印象が人々に伝わったらいつまでも消えないものなんですよ」

「ええその通りよ、実に全くその通りよ」とこの娘が考え込んで言った。「私たちも石鹸に対してそんな感じの偏見があるようにね。私たちの部族も実は最初石鹸に偏見を抱いていたの」

私は彼女の方をちらりと見て、本気になって言っているのかを確認した。明らかに本気だった。私は躊躇い、そして注意深くこう言った。

「しかし、こう言っては失礼ですが、石鹸に対して偏見を持っていた？『いた』のですか？」

と声の抑揚を下げつつ言った。

「ええ、最初のうちだけだったね、誰も食べようとしなかったのは」

「ああー、そういうことね。何のことかようやく分かりました」

彼女は続けた。

「単なる先入観ね。よその人たちから私たちの所に最初初めて石鹸が来た時、みんなそれが嫌いだったの。でも流行り始めたらすぐにみんなそれが好きになって、買える人はもうみんな持ってるね。あなたも石鹸は好き?」

「ええもちろん!石鹸がなかったら死んだ方がましですね、特にここでは。あなたも?」

「もう大好き!蝋燭は好き?」

「絶対に必要なものと考えています。好きなのですか?」

彼女の目がくるくる回ってそして叫んだ。

「ああ、もう言わないで!蝋燭!そして石鹸!――」

「そして魚のはらわた!――」

「そして鯨の油!――」

「そして雪解けのぬかるみ!――」

「そして鯨の脂肪!――」

「それから腐肉!それに塩キャベツ!それに蜜蝋!それにタール!それに松脂!それに糖蜜!そして――」

「やめて、もうやめて、嬉しすぎて気絶しちゃいそう!――」

「そしてそれらを全部まとめて油バケツに入れて、ご近所の人たちを呼んでおっぱじめる!」

だがこういった理想的な宴の光景はあまりに彼女にとって堪えきれないくらいだったのか、可哀想な彼女は卒倒してしまった。私は顔に雪を注いで気を取り戻させた。そしてしばらくして気分が落ち着いたのであった。そしてまたもや身の上を語り始めた。

「そういうわけで私たちはこの立派な家に住み始めることになったの。でも私は幸せではなかった。その理由はこれ。私は愛のために生まれてきたの。私にとってそれがなかったら本当の幸福なんて無理。私は私だけを愛して欲しいの。私はどこまでも好きになれる男が欲しくて、その男が私のことをどこまでも好きになって欲しかったの。それくらいお互い夢中になるくらい好きじゃないと私の熱烈な性格は満たされないの。私に求婚してくる男たちはたくさんいたわ、あまりにたくさんね、でも誰も彼もが致命的な欠点を持っていたの。そしてその欠点に遅かれ早かれ気づいてしまう――そしてそれを隠しとおせた人は誰もいなかったね――彼らが欲しかったのは私じゃない、私の財産なの」

「あなたの財産？」

「そう、私のお父さんはこの部族の中で、いやこの地域にいる部族を全部含めても、ずば抜けて一番のお金持ちなんだから」

父の裕福な財産はどんなもので構成されているのかと考えを巡らした。立派だという家ではないはずだ――ここなら誰だってそれと同じくらいのものは建てられるのだから。毛皮でもないはずだった――ここでは価値がないのだから。かといって橇でもないはずだし、犬でも銛でも小舟でも骨の釣り針でも縫い針でも、それに類したものでもないはずだった。こういったものが富として看做されるはずがなかった。だとしたらその男がそれほどまでに裕福だと看做され、娘のために家へと熱心な求婚者を呼び寄せてきたのは何なのだろう？それを明らかにするための最善の方法は結局直接聞いてみることだという考えに行き着いた。というわけで聞いてみた。すると私の質問にこの娘は明らかに嬉しそうな様子を見せて、実は私に聞いて欲しくてうずうずしていたというのがよく分かった。私が聞きたくてたまらないのと同じように、彼女も喋りたくてたまらなかったのだ。彼女はもっと私と親密な関係になったかのように身を寄せてきて言った。

「お父さんがどのくらい金持ちか当ててみてよ——絶対無理だけどね！」

私は事について真剣に考え込んでいるという素振りを見せていたが、彼女は私のそのやたらと骨を折って考え込んでいる様子を嬉しそうな興味を持って食い入るようにじっと見ていた。とうとう私がギブ・アップしてその北極のヴァンダービルドがどのくらいの財産を持っているのかを教えて私の好奇心を満たしてくれるようにせがむと、彼女はその口を私の方に近づけて荘厳な調子で囁いたのであった。

「二十二本の釣り針——骨じゃないよ、外国のものなの——。本物の鉄によってできているの！」

そして仰々しく彼女は後ろに飛び退いて、今の言葉が相手にどういう印象を与えたのかを観察した。私は最大限の努力を払って彼女を落胆させせないようにした。

私は青ざめてこう小声でいった。

「マジですか！」

「トウェインさん、本当にマジなんですよ！」

「ラスカ、君は私を騙そうとしているんでしょう――。まさかそれがマジってわけじゃないでしょ」

彼女はビクビクして困惑した。そして叫んだ。

「トウェインさん、私の言っていることは全部本当なのよ、一字一句ね。私のこと信じている、信じてくれているよね？信じてるって言って、信じてくれるってお願いだから言って！」

「私――、ええまあそうですね――、そう頑張ってます。でもあまりに突然じゃないですか。とても突然でどうすればいいのか途方に暮れてしまったんですよ。そんなことは突然言ったりしてはならないもんなんですよ。それは――」

「あら、ごめんなさいね！私がちゃんと――」

「まあ、気にしなくて結構ですよ。それ以上あなたを責めたりなんてしません。あなたは若くて向こうみずなんだし、私がどう言う反応をするかわからないのは無理はないですよ――」

「でもほんとう、もっとちゃんと考えるべきだったわ。だって――」

「ほらラスカ、もし最初に五か六の釣り針って言ってくれてそこからどんどん――」

「ああ、わかるわかる――そして一本加え、さらに二本加えて、そしてって具合ね――ああ、どうしてそんなこと考え付かなかったのだろう！」

「気にしなくていいですよ、全然平気――今はだいぶ落ち着きました――もう少ししたら元に戻りますよ。それにしても心構えがなくそんなに強くない人間にいきなり二十二本と全部ぶっちゃけてしまうなんて――」

「まあ、それは犯罪的ですよね！でも許してくれるよね――許してくれるって言って、言って！」

とても嬉しそうな機嫌とりや愛撫や説得をたっぷりとさせられたから、私は彼女を許し、彼女もまた幸せになった。そして次第にまた身の上話を語り始めるのであった。やがて私は彼女の一家の財産にはもう一つ特別なものがあったということを見出した。どうも何かしらの宝石のようだが。そして彼女はそれをはっきりと私に教えようとするのを避けているような気がした、また私がびっくりして正気を保てなくなることはしたくなかったから。でも私としてもそれが何だったのかを知りたかったから、ぜひ教えてほしいとせがんだ。彼女は怖がっていた。でも私は強くせがんで、今回は気を引き締めて覚悟を決めているから、ショックでやられてしまうことはないと言った。彼女はやはり心配でいっぱいだったが、私を驚かせるような話を打ち明けて私が肝を潰して感嘆している様子を見たいという誘惑が彼女にとってあまりに強すぎた。彼女はその宝は自分が身につけているものだと告白し、私が覚悟を本当に決めているのなら――とか何とか色々と――と言いながら、胸あたりに手を入れてつぶれた四角の真鍮を取り出した。その間も私を心配そうな目で見ていた。私はうまく芝居をして気絶したかのように彼女の方に倒れかかり、それが彼女を喜ばせ、同時に怯えてびっくりしてしまうくらいだった。私が正気を取り戻して落ち着いたら、彼女は今取り出したこの宝石についてどう思ったか熱心に訊いてきた。

「私がどう思うか？今まで見てきたものでこんな素晴らしいものはないくらいですよ」

「本当に！そう言ってくれるなんてやさしい！でもこれほんとに気に入ってくれたよね、そうだよね？」

「ええ、そう言うべきところですね！赤道をくれると言われてもそれを拒んで選ぶくらいですよ」

「きっと素敵だと思ってくれると信じていたの」と彼女は言った。「本当に素敵なものだからね。そしてここら辺にこれと同じようなのはないの。わざわざ北極海からこれを見るためにやってくる人もいるの。今までこういうの見たことある？」

いいや、そういうのは初めて見たと答えた。そんな露骨な嘘をついて私は心を痛めた。というのも、そういうのは今までもう何回も嫌というほど見てきたのであり、彼女のその慎ましい宝石はニューヨーク中央停車場の荷物の潰れたチェック札でしかなかったからである。

「まさかとは思うけど、あなたはそれを身につけていつも外出しているのではないでしょうね？一人っきりで護衛もなしに、犬すらもつれずに？」

「シッ！大きな声を出さないで」と彼女は言った。「誰も私がこれを身につけて外に出ているなんて知らないの。みんなこれはお父さんの宝物だと思っているんだから。いつもはそこにあるんだから」

「その宝庫はどこにあるんだい？」。随分これは不躾な質問で、彼女は少しの間驚いて少しばかり疑ったような目をしたけれど、私はそんな彼女にこう言うのであった。

「ほらほら、そんなに私のこと怖がらなくてもいいですよ。私の国には七千万人いるのですが、私のことを釣り針についての秘密を漏らすような人間だと看做している人はそんなにたくさんいるのに誰一人としていないですよ。まあ自分で言うのも何ですけどね」

こう言うと彼女は安心して、釣り針が家のどこに隠されていたのかを教えてくれた。そして幾分か話を脱線し、家の窓を成している透明な氷の薄板の大きさについて少し自慢気に語り、私の国にもそういうのを見たことがあるか訊いてきた。そして私は素直に見たことがないと告白した。そして私のその答えが、彼女の自分の満足を表現できないくらいの喜びで満たすのであった。彼女を喜ばすのは簡単なことで、それすることも楽しいことだったから、私は続けてこう言った。

「ああラスカ、君は本当に幸運な女の子だ！この美しい家、この上品な宝石、あの豪華な宝物、これらの優雅な雪、そして圧倒的な氷山と何も生えていないどこまでも広がる大地、野生の熊やセイウチ、そして高貴なる自由と壮大さ、そして皆の君に感嘆する視線や求めずとも皆から得られる尊敬と敬意。若くて、金持ちで、注目を浴びて、求婚され、羨望され、欲しいものので手に入らないものはなく、叶えられない欲望もなく、願って聞き入れられないものはない、これこそが計り知れない幸福でしょう！私は女の子たちを多数見てきたけれど、こういう並外れたことを心の底から言えるなんて君以外には誰もいませんよ。そして君はそう言われるに相応しい――本当にそれら全てが相応しいよ、ラスカ――心の奥底から私はそう信じています」

これらの言葉を聞くと彼女はどこまでも誇り高くて幸福になり、私の最後の言葉には何度も何度もお礼を述べ、彼女の声色と目は彼女が実際に感動していたことを表していた。やがて彼女はこう言った。

「でも、いつでもそう太陽みたいに輝いているものじゃありませんよ――曇りの部分もあるんだから。裕福であるという重みは担ぐのには重いものなの。時には貧乏だった方がいいんじゃないかって思うこともあるわ。少なくとも極端な金持ちよりはね。近くにいる部族たち通って行く際に私の方を見て互いに恭しく『あれだ、あれが彼女だ、あの金持ちの娘だ』という会話が聞こえてくると心が痛くなってくるの。それに時々は悲しそうな声で言う人もいて『彼女は釣り針に巻かれているのに、私は、私には何もない』。そう聞くと心は沈んでしまう。私が子供で家族も貧乏だった頃は、ドアを開けたまま眠ることもやろうと思えばできたんだけど、今は、今は夜番の人をおかないと駄目なの。貧乏だったあの頃はお父さんも誰にでも優しかったし礼儀正しかった。でも今はお父さんは厳しいし高慢で、他人に馴れ馴れしい態度を取られるのは我慢がならないの。昔はただ家族のことだけを考えていたのに、今はいつもいつも自分の釣り針のことばかり考えているの。財産は他の人たち皆の身をすくませてお父さんに媚び諂へつらうようになるの。以前はお父さんの冗談に笑う人なんて誰もいなかったわ。だっていつも古臭いし、回りくどいし、くだらないようなことしか言わなくて、冗談にとって唯一絶対に必要な要素、つまりユーモアセンスが全くなかったからね。でも今だと皆がそんな惨めな冗談にゲラゲラと笑ったりするの。そしてそうやって笑わない人がいるとお父さんはとても気分を悪くして、そのことを隠そうともしないの。以前だとお父さんの意見をどんなことであれ求める人はいなかったし、自分から言い出したところで誰も相手にしていなかったけれど、今でも価値がないことに変わりはないのにそれでも皆お父さんの意見を求めては称賛するの。というかお父さん自身が自分を称賛するように努めるくらい。本当に大雑把で機転なんて全然利かないのにね。お父さんのせいで私たちの部族の風格が下がってしまったわ。昔は正直で男らしい部族だったのに、今となると卑しくて偽善者みたいで、奴隷みたいな感じに成り下がったわ。私は心の奥底まで金持ちのやり方が大っ嫌いなの！私たちの部族は昔は素朴で、単純で、ご先祖様から受け継がれてきた骨の釣り針で満足していたんだけれど、今だと皆貪欲になっちゃって、外国人からの下品な鉄製の釣り針を手に入れるために名誉や正直さの全てを犠牲にしてまで手に入れようとしているの。でもこういった悲しいことにいつまでも長々と話すわけにはいかない。さっきも言ったけど、私の夢は私一人だけを愛してくれることなの。

ついにこの夢が叶えられる時が来たようだったね。ある知らない人がある日やってきたんだけど、自分の名前はカルラだとその人が言っていたの。そして彼にも私の名前を教えて、すると彼は私のことを愛してるって教えてくれたの。感謝の喜びで私の心はどこまでも高鳴ったの、だって私も彼を最初見た時から愛していて、そのこともその時伝えたの。彼は自分の胸に私を引き寄せて今の自分より幸福になりたくないって言ってたね。そして一緒に遠くの氷原まで歩いて行って、お互いのことについて何でも話し合って、素晴らしすぎる将来について計画を立てたのよ！ついに疲れてしまって、座って食べたの。彼は石鹸と蝋燭を、私は鯨の脂肪をいくつか持ってきたからね。その時二人ともお腹が空いていて、あんなに美味しい食事をしたことは今まで一度だってなかったわ。

その人はずっと北の方に住んでいる部族に属していて、私のお父さんのことについて今まで耳にしたことはなくて、それを知ると私は嬉しくてたまらなかった。正確に言うと、私たちの部族にいる金持ちについては耳にしていたけれど、その人の名前については全く聞いてなかったの――。だからね、ほら、私がその人の相続人だなんて分からないでしょう。そして私がその事実を彼に伝えてもいないことはあなたも分かっているでしょう?ついに私だけが愛されていて、私は満足したの。私はとても幸せだった――ほんと、あなたが思っているよりも幸せだった！

そしてだんだん夕食の時間がやってきたので、彼を家へと案内したの。私の家へと近づいてくるにつれて、彼は驚いてしまってこう叫んだの。

「これはすごい！あの家は君のお父さんの？」

その言葉の声色と彼の目にある感嘆した眼差しを見ると心が苦しんだけれど、そんなものもすぐになくなっていったわ。だって私は彼を愛しているんだし、彼はとてもかっこよくて気高く見えたんだから。おばやおじや従兄弟たちの一家も皆彼に満足していて、たくさんの客が招待されて家の出入り口は完全に閉められてミカン類の芯でできたランプが灯されて、全てが暖かくて快適で息がつまりそうになった時、私の婚約を祝って楽しそうな宴が開始されたの。

そしてその宴が終わると、お父さんは虚栄心でいっぱいになって、自分の裕福な財産を見せびらかし、カルラにどんな幸運が転がり込んだかを見せびらかすという誘惑にどうしても勝てなかったの。そしてもちろん、何よりこの貧乏な男がびっくり仰天しちゃうのを見て楽しくなりたかったの。私は叫び声をあげてもよかった、でもお父さんのその行動を引き止めようとしても無駄だと思ったので結局は何も言わず、その場で座って苦しい思いをするだけだったわ。

「お父さんは皆の前だというのにそのまま宝の隠し場所へと真っ直ぐ向かって、釣り針を取り出して持ってきて、私の頭の上にそれをばら撒いたので、釣り針は台の上にいた私の恋人の膝にキラキラと光って散らばっていったの。

もちろん、その驚くような光景にあの可哀想な若い人は思わず息を呑んでしまったの。ただ彼はあっけに取られてじっと見るばかりで、たった一人の人間がどうしてこんなにも財産を持てるのかと不思議に思うばかりだったね。やがて彼は目を輝かして顔を上げて叫んだの。

「ということは、あの名高い金持ちというのはあなたのことだったのですね！」

お父さんと家にいた他の人たちは皆一斉に幸せな笑い声を大きくどっと上げて、そしてお父さんがそれらの宝物をまるでただの無価値なゴミみたいに無造作に集めて元にあった場所へと戻しに行くと、可哀想なカルラの驚きかたといったらなかったわ。彼はこう言ったの。

「このようなものを数えもしないで仕舞ってしまうなんて有り得るのかい？」

お父さんは自惚れでいっぱいの下品な笑いをしてこう言ったの。

「そう言ってしまうとお前が金持ちであったことがないことがわかってしまうじゃないか。たかだか釣り針の一本や二本がお前の目にはそんなに大層なものに見えるんだったらね」

カルラは混乱してしまって頭が項垂れたけど、こう言ったの。

「ええそうですとも。私はその貴重な釣り針についているかかりほどの価値を持ったこともなく、自分の宝物を数えるだけでも相応の仕事になるくらいの金持ちの方には今まで会ったこともありませんから。私が今まで会ってきた一番の金持ちでも、釣り針を三本しか持っていませんでしたからね」

愚かなお父さんはあまりに馬鹿な喜び方をして大きな笑い声を上げたの。そして自分の釣り針を数えたり厳しくそれらを監視しているようなことは普段やっていないと思わせる印象を相手に与えて、そのままにしていたのでした。お父さんは見せびらかしていたんですからね。数えるかって？それはもう、あの人毎日数えているのよ！

私は自分のダーリンとちょうど夜明けに会って知り合いになって、ちょうど三時間後の日暮れに家へ連れきたわけ――だってその頃は日が短くなっていて半年続く夜の季節になろうとしていたのですから。いつまでも宴騒ぎを続けていたけど、ついにお客さんたちが帰っていって残った私たちは壁のそばに置かれている寝椅子に各々席をつけて、しばらくすると私以外の皆は夢の中へと入っていったの。私は眠るにはあまりに幸せで、あまりに興奮していたの。長い、長い間、私が静かに横たわっていると、ぼんやりとした人影が私の側を通っていって、家のずっと向こう側の端っこの暗闇へと飲み込まれていったの。それが誰だかは分からなくて、男なのか女のかも判断がつかなかったの。やがてその人影か別のが私の側を通って反対側の方へと進んでいったの。一体何が起きているのか考えたけど、結局わからずじまい。そしてそうやって考え込んでいる間、私は眠ってしまったの。

どのくらい長い間眠っていたのかはわからないけど、やがてパッと目を覚ましてお父さんが恐ろしい声を上げているのを聞いたわ。

「おい、これは一体どういうことだ。釣り針が一本なくなっているじゃないか！」

なんとなくだけど、その言葉が私にとって悲しみを意味して、私の血管に流れている血も凍っていったわ。そしてその予感も同じ時に正しいとわかったの。お父さんが叫んだわ。

「全員起きろ、そしてよそ者を捕まえろ！」

そう言うと叫び声や罵り声があらゆる所から響き渡ってきて、薄暗いとこから朧げな人たちがすごい勢いで押し寄せてきたの。私は愛する人を助けるために側に行こうとしたけど、結局両手を握って待つことしかできないじゃありませんか？――あの人はもう人垣に遮られていて私は近づいていくことができなくて、手足も縛られていたんだから。あの人が完全に束縛されるまで私は彼の側に寄ることは許されなかったの。侮辱を受けた可哀想な彼の方の側へと寄っていって、彼の胸で悲しみの声を私は上げたの。その間お父さんと家族の皆は私を嘲笑って、脅しや侮辱する罵り言葉をあの人に浴びせたの。そういった虐待を受けながら平然とした威厳を以て耐えていたので、それだけ彼のことを愛おしく思うようになり、一緒にそして彼のために私が苦しむことを誇りに思い幸せを感じさせたのでした。お父さんは部族の長たちを招集してカルラを死刑にせよと命令したの。

「なんですって？ 失くなった釣り針を探そうともしないうちに？」と私が言うと「失くなった釣り針！」と皆が一斉に叫んで、私を嘲笑したの。そして更にお父さんは馬鹿にしてくるかのようにこう付け加えたの。「みんな、落ち着いて娘の言ったことを考えてみろよ。こいつが失くなった釣り針を探しに行くって言うんだ。絶対見つけてくれるんだろうな！」そうお父さんが言うと、また皆一斉に笑い始めたわ。

私は取り乱したりなんてしなかったし、怖くもなかったの。絶対にね。私はこう言ったの。

「今笑うのはあなたたちの番だけど、私たちが笑う番がやってくるわ、待ってなさい」

そして私はオレンジ芯のランプを持ったわ。あんなくだらないものなんてすぐにでも見つけられると考えたいたんだから。私がとても自信満々に探し始めたので私を笑っていた人たちは皆真剣な顔つきになって、ひょっとすると自分達の判断はせっかち過ぎたと思い始めたの。でもああ、ああ！それを探し出すという辛さといったら！指で十か十二数えられるうちは深い沈黙があったけど、私の心は沈み始めて周りにいた人たちは皆また私のことを馬鹿にし始めて、どんどん声も大きくなって彼らも自信をつけ始めたようになったの。そしてついに私が諦めたら、残酷な笑いを私に次から次へと浴びさせてきたの。

その時私がどれほど苦しかったかなんて誰にも分からないでしょうね。でも私の大好きな人の存在が私を支えてくれて力を与えてくれたの。そして私は婚約者として相応しくカルラの側に立って、彼の首に私の腕を回して耳に囁いたの。こう言ってね。

「愛しいあなたは無実よ、それはわかっている。でも私を安心させるために、何が起ころうと私たちが耐えられるようにそのことを自分で言ってちょうだい」

そしてあの人はこう答えたの。「私は今死の瀬戸際にいることが間違いないように、私が無実なのも間違いない。だから傷つきし心よ、安心してくれ。穏やかであれ、私の命の生命よ！」

「それじゃあ長たちをここに来させて！」私がこう言うと、雪を踏む音が一箇所に集まってきているのが聞こえてきて、猫背の人たちがドアに並んで入ってくるのが見えたの、つまり長たちね。

私のお父さんは捕らえた人を形式的に告発し、その夜に起きた詳しい出来事について話したわ。彼は夜番の人が戸外にいて、家の中には家族とそのよそ者しかいなかったとしたの。

「家族が自分の所有物を盗むとでもいうのか？」そうお父さんが言ってから一旦黙った。長老たちは長い時間沈黙したまま座っていたの。ついに隣にいた人たちにそれぞれ言い始めたの「そのよそ者にとって形勢は不利だね」とね。聞いていてとても私は悲しくなりましたの。そしてお父さんは腰を下ろしたの、ああなんて可愛そうで、可愛そうな私！まさにその時私の愛しの人を無罪だと証明することができたはずなのに、方法が分からなかったのよ！

裁判長が尋ねたわ。

「この囚人を弁護したい人はいるか？」

私は立ち上がり言いました。「どうしてこの人があの釣り針を盗むことなんてあるの、一つでも全部でも？だっていつかそれら全部を相続することができるんだから！」

私は返事を待って立っていたの。長い沈黙があり、たくさんの人たちが呼吸する時の息がまるで霧のように私の周りに立ち込めました。ついに、長老たちが次々と自分の頭をゆっくりと数回縦に振って小声で言ったわ。「その子が言ったことには一理ある」

ああ、その言葉に私の心はどれ程高鳴ったことでしょう！――ほんのちょっとの間だけだけど、それはとてもありがたいものだったの！私は腰を下ろしたわ。

「他にも発言したい方がいれば、今話していただきたい、後からは受け付けません」と裁判長は言いました。

お父さんは立ち上がってこう言ったの。「夜に人影が暗い中私の側を通り過ぎていって、宝物庫の方へと向かってやがて戻ってきたのだが、今考えてみるとそれがそのよそ者であった気がする」

ああ、私は気を失いそうだったわ。それは私だけが知っている秘密だと思っていたのに！氷の神様ご自身が譬え私をお掴みになっても、私の心からその秘密を引き出すことなんてできなかったはずなのに。裁判長は可哀想なカルラに厳しい口調で言ったの。

「話せ！」カルラは躊躇ったけどこう答えたの。

「私です。あの美しい釣り針について頭から離れず眠ることができませんでした。私がそれが保管されている場所へと行き、それらにキスをしたり撫でたりしました。それによって私の心を宥め罪のない喜びに浸かったのですが、それが終わると元にあった場所に戻しました。一つくらい落としたかもしれませんが、全く盗んではおりません」

「ああ、あんな場所でそんなことを言うなんてもう殺されてもおかしくないわ！一瞬恐ろしい沈黙がありました。あの人は自分で自分に死刑を宣告し、全てはもう終わってしまったと私は感じました。誰の顔にも『これは自白だ！くだらなく、下手くそで、根拠も薄いがやはり自白だ！』というような言葉が浮かんでいました。

私は少し息を呑みながら、どうなるか待っていました。やがて私は予想通りの厳粛な言葉がくるのを聞きました。そして各々の単語を聞くたびに私の心はナイフで抉られるようでした。

「法廷として、被告人は『水の刑』へと処されることを命ずる」

ああ、私たちの土地に「水の刑」を持ち込んできた人の頭に呪いがかかりますように！それは何世代も前に誰もどこにあるのか知らないどこか遠くの国から持ち込まれてきたものなの。それが持ち込まれる前まではご先祖様たちは占いとか他の不確実な方法を刑罰として用いて、時には頭が良くなくて有罪の人たちも生きて逃れることができたこともあったのよ。でもそんなことは「水の刑」においてはなくて、だって無知で下手な野蛮人であるわたしたちよりも賢い人たちによって発明されたものだからね。それによって無罪の者は無罪として間違いなく証明されるの。というのも無罪の人たちは溺れてしまうからね。私の心は胸の奥底まで悲しくて「彼は無罪です、そして波の奥へと沈んでいき、もう二度とあの人と顔を合わせられることはないでしょう」

それ以来私はあの人とずっと一緒にいたの。貴重な時間の間ずっと、彼の胸に抱かれて悲しんでいたの。そしてあの人も私に彼に深く流れていた愛を私へと注いで、ああ、なんて私は惨めで幸せだったかしら！ついに彼らがあの人と私を引き離して、私はすすり泣きながらその後をついていき、彼を海へと投げ込むのを見たの。私はその時両手で顔を覆ったの。苦しかったって？ああ、私は苦しさと言う言葉の奥の意味を存分に味わったわ！

次の瞬間、皆は悪意のある喜びで叫び始めたの。そして顔から両手を離して驚いた。なんて苦しい光景――あの人は泳いでいたの！

その瞬間に私の心は石に、氷になってしまったの。「あの人は有罪だったんだ、あいつは私に嘘ついたんだ！」

私は軽蔑して背中を向けて家へと帰っていった。

みんなはあの人を遠く海の方にまで連れ出して広い水に浮かんで南へと漂っていっている氷山の上に置き去りにしたの。

「お前の愛する泥棒が死に際に次のようなメッセージを残していったよ。『私は無罪で、毎日毎時間毎分私は飢えて死んでいくときでも彼女のことを考えて愛して、彼女の美しい顔を見ることができた日のことを思って祝福しています』ってね。かなり素敵なことじゃないか、詩的センスもあるな！」

「『あいつは穢らわしい人よ、あいつの事を二度と私の耳に入れないでちょうだい』って言ったの。あぁー、あんな人を無罪だとずっと思っていたなんて！」

九ヶ月、どんよりとして悲しい九ヶ月が過ぎていった。そしてついに大犠牲祭の日がやってきて、その日は部族の娘たちが皆自分たちの顔を洗って髪を梳かすの。私が櫛で髪を最初に梳いた時、あの死刑をもたらした釣り針がその九ヶ月の間ずっとあった場所から出てきたの。私は後悔しているお父さんの腕に気を失いそうなくらいに身を投げたのよ！うめきながらお父さんはこう言ったわ。『私たちがあいつを殺したんだ、今後私は絶対に微笑むこともない！』そして自分のその言葉を今まで守ってきたの。聞いて。あの日以来私が髪を梳かないでいた月は一ヶ月もありませんの。でもああ、今となってそれが何の役に立つって言うの！」

こうして哀れな娘の慎ましき小さな話は終わった。そしてそこから得られる教訓と言っては、ニューヨークでは一億ドルが、北極圏の辺境の地では二十二本の釣り針が同じように金銭基準として最高位の裕福さを示すというのなら、貧しい境遇にいる人間が釣り針をそこで十セントで買えるニューヨークにわざわざ留まって、移住できるのにそうしようとしないのは馬鹿だということである。

ナイチンゲールと薔薇

オスカー・ワイルド（Oscar Wilde）

The Nightingale and the Rose

「あの薔薇を持ってきてくれたら一緒に踊ってくれるって言ったんだ」と若い生徒が叫んだ。「でも僕の庭には赤い薔薇なんて全くありゃしない」

トキワガシの木の巣にいるナイチンゲールは、彼のそんな声を聞いて、葉の間から顔を出して首を傾げました。

「僕の庭に赤い薔薇が全然ない！」と彼は叫び、その美しい目は涙でいっぱいになりました。「ああ、幸福なんて些細なことに左右されてしまう！賢い人たちの書いた本を全部読んできたし、哲学の神秘も極めたというのに、赤い薔薇一本ないだけで僕の人生はめちゃめちゃだ」

「やっと心から愛せる人が見つかったわ」とナイチンゲールが言いました。「来る夜も来る夜もそんな人のために歌ってきたの。その人のこと全然知らないのに来る夜も来る夜もそのことを星たちに話してきて、ついにその人を見つけたわ。あの人の髪の毛はヒアシンスの花のように黒くて、唇は思い焦がれている薔薇のように真っ赤。でも彼の情熱がその顔を蒼白い象牙にして、悲しみが彼の額を刻み込んでいる」

「王子様が明日の夜、舞踏会を開催する」と若い学生は呟きました。「そして愛しのあの娘《こ》もそこにいる。赤い薔薇を持っていてあげたら、一晩中踊ってくれるだろうになぁ。赤い薔薇を持っていてあげたら、あの娘《こ》を腕に抱いて、彼女は僕の肩に頭をもたらさせて、彼女と僕の手が繋がれるんだ。でも僕の庭には赤い薔薇なんてない。だから一人寂しくそこで座って、彼女はただ僕のそばを通り過ぎるだけだ、僕なんて眼もくれずに。そうなると僕の心はバラバラに砕け散ってしまう」

「これこそ本当の愛する人だわ」とナイチンゲールは言いました。「私が歌うことは彼の苦しみ。私が喜ぶことは、彼の痛み。愛は本当素晴らしいものだわ。エメラルドよりも高価で、素敵な真珠より愛おしい。真珠と柘榴は買うことができないし、市場で売られているわけでもない。商人から買うこともできないし、黄金と天秤で測れるものでもないの」

「音楽家たちが桟敷に座るだろう」と若い生徒は言いました。「そして弦楽器を演奏して、愛おしいあの娘《こ》はハープとヴァイオリンの調べに乗って踊るんだろう。彼女はとても軽やかに足が床に触れないくらいに踊るだろう。そしてそんな彼女のまわりに華やかな衣装をきた延臣たちが集まってくるんだろう。でも僕と踊ることはありゃしない。僕には彼女のための赤い薔薇がないんだから」。そして彼は草に身を投げて、顔に手を当てて泣くのでした。

「どうしてあいつは泣いているんだい？」と緑の小さなトカゲが尻尾を立てて側を走り過ぎながら訊いてきました。

「本当に、どうしてかしらね」と太陽の光を追ってヒラヒラと飛び回っていた蝶々が言いました。

「どうしたんだわね、一体？」と雛菊が静かにそっと隣の花に囁いたのでした。

「赤い薔薇がないと言って泣いているのですよ」とナイチンゲールは言いました。

「赤い薔薇がないから！」とみんなが大きな声を上げました。「こいつは馬鹿馬鹿しいぜ！」

と結構な皮肉屋だった小さなトカゲが、どっと笑い声を上げたのでした。

でもナイチンゲールは学生の悲しい秘密を理解して、オークの木に無言で止まったまま、愛の神秘について思いを向けたのでした。

すると突然、その茶色の翼を広げて、空へと舞い上がっていきました。彼女は木と木の間をまるで影のように通っていって、そしてそれこそ影のように庭を横切っていったのでした。

芝生の真ん中には美しい薔薇の木が一本立っていましたが、それを彼女が目にするとそこへと飛んでいって、小枝の上に止まったのでした。

「赤い薔薇をください。そうすれば私の最も甘美な歌を歌って差し上げましょう」と彼女は大きな声で言いました。

でもその木は頭を振ったのでした。

「私の薔薇は白い、まるで海の泡のようにな。そして山の雪よりも白いんだ。だが古い日時計をぐるっと周るように生えている私の兄のところに行ってみるといい。そこならお前が望んでいるものをもらえるかもしれないからな」

それでナイチンゲールは古い日時計をぐるっと周るように生えていた薔薇の木のところへと飛んでいきました。

「赤い薔薇をください。そうすれば私の最も甘美な歌を歌って差し上げましょう」と彼女は大きな声で言いました。

でも木は頭を振ったのでした。

「私の薔薇は黄色い、まるで琥珀の玉座に座っている人魚の髪の色のような黄色。そして草刈りが鎌を持ってきてやってくるより前に牧場に咲いている水仙よりも黄色いんだ。でもその学生の窓の下に生えている私の兄の部屋に行ってみるといい。そこなら君が望んでいるものをもらえるかもしれないからね」

それでナイチンゲールは、学生の窓の下に生えている薔薇の木のところへと飛んでいきました。

「赤い薔薇をください、そうすれば私の最も甘美な歌を歌って差し上げましょう」と彼女は大きな声で言いました。

でも木は頭を振ったのでした。

「私の薔薇は赤い、まるで鳩の足のように赤くね。そして海中の洞窟でゆらゆらとゆらめいている珊瑚の大きな扇よりも赤い。ところがこの冬が私の葉脈を凍らせてしまって、霜が私の蕾を枯らしてしまって、嵐が私の枝を折ってしまったのです。だから今年は薔薇が一つも咲いていない状態なんだ」

「一つの薔薇さえあれば十分なのよ」とナイチンゲールは大声で泣きました。「たった一つ！どうにかして手に入れることはできないの？」

「あるといえば一つある」と木は答えました。「でもとても恐ろしいことで、あなたに話すわけにはいかないよ」

「話してちょうだい。怖くなんかないわ」とナイチンゲールは言いました。

「赤い薔薇が欲しいというのなら、月明かりの下で音楽からそれを作り出して、それをあなた自身の胸の血で染めないといけない。私の棘に胸を突き出すように歌わなければならないんだ。一晩中ずっと私に向かって歌わないといけなくて、そうしている時に私の棘があなたの胸を貫くことになってしまいます。そしてあなたの生き血が私の葉脈へと流れ込み、私のものにならないといけないのです」

「赤い薔薇一本のために死ぬなんてあまりに高すぎる買い物だわ。命は誰にとってもとてもとても大切なものなの。緑の森の木に止まって、黄金の馬車に乗っている太陽と真珠の馬車に乗っている月を眺めるのはとても楽しいことなの。サンザシの香もとても気持ちいいし、谷間に隠れているブールベルの花や丘に咲いているヒースも心地いいものだわ。でも恋は命よりも素晴らしいし、人の心臓に比べたら鳥の心臓なんて何だっていうのよ」

そしてすると突然、その茶色の翼を広げて、空へと舞い上がっていきました。彼女は木と木の間をまるで影のように通っていって、そしてそれこそ影のように庭を横切っていったのでした。その時、あの若い学生はまだ先ほどナイチンゲールが飛び去っていった草に横になっていて、彼のその美しい眼の涙はまだ乾いてはいないのでした。

「幸福になるのです」とナイチンゲールは叫びました。「幸福になるのですよ。赤い薔薇を差し上げましょう。月明かりの音楽でそれを作り、私の心臓の血で染めましょう。その代わりとして私はただあなたに本当の恋人になって欲しいだけ、哲学は賢いけれど愛はその哲学よりも賢いのですから。そして権力も強いけれど、その権力より愛は強いのですから。愛の翼は炎のような色をしていて、その体も炎のような色をしているのです。その唇は蜜のように甘くて、その息はまるで乳香のよう」

学生は草から顔を上げて耳を澄ましたが、ナイチンゲールが彼に何と言っているのか理解できませんでした。というのも彼は本に書いてあることしか知らないのでしたから。

しかしオークの木はそれを理解したのです。そして悲しい気持ちになったのでした。自分の枝の側に巣を作ったこの小さなナイチンゲールのことが大好きだったのですから。

「最後に歌を一つ歌いなさい」と彼は囁きました。「あなたがいなくなるととても寂しくなる」

そしてナイチンゲールはオークの木に歌いました。その歌声はまるで銀の器から泡立ってくる水のようでした。

彼女が歌い終えると、学生が起き上がって、ポケットからノートと鉛筆を取り出しました。

「あの鳥には形がある」と彼は林の間を通り抜けながら独り言を言いました。「それは鳥自身にも否定できないだろう。でも感情はあるのか？そんなことはあるまい。大体、あの鳥はほとんどの芸術家と同じだ。様式があるが、誠実さがないんだ。他のために自分を犠牲することとなんありはしない。ただ音楽のことばかり考えるけど、みんな芸術ってやつはわがままだってことは知ってる。それでも、あの鳥の声にはどこか美しいものがあることは認めないといけない。ただそれには何の意味もなく、何か役立つことがあるわけではないことは残念なことだがね」。そう言って、彼は自分の部屋へと戻り、小さな藁のベッドに横になりました。そして彼の愛しいあの娘《こ》について想い始めるのでした。そしてしばらくすると、眠ってしまいました。

そして月が天に輝く時、ナイチンゲールは薔薇の木のところへ飛んでいって、その棘に対して胸を突き出しました。一晩中、彼女は胸を棘に突き出したまま歌い続け、冷たいクリスタルのような月が身を傾けてそれを聞いたのでした。一晩中彼女は歌い続け、棘は彼女の胸の奥へと奥へと貫かれていくのでした。そして彼女の生き血は体から引いていくのでした。

彼女はまず男の子と女の子の間に生まれる恋心の誕生について歌いました。すると薔薇の木の一番上にある小枝に、惚れ惚れするような薔薇が咲くのでした。そして歌が代わる代わる歌われるにつれ、花びらが一枚一枚添えられていくのでした。最初その花は川に漂う霧のように、朝の底のように青白く、夜明けの翼のように銀色でした。一番上の小枝に咲いた薔薇は銀色の鏡に映る薔薇の影のようであり、また水だまりに映る薔薇の影のようでもあるのでした。

しかしその木はナイチンゲールに胸をもっと棘に近づけないといけないと大声で叫びました。「もっと近くに押し当てるんだ、ナイチンゲールさん。さもないと薔薇が完成しないうちに朝になるよ」と木が大声で言いました。

それでナイチンゲールは棘にもっと胸を押し当てたのでした。そして彼女の歌声ももっともっと大きくなっていったのでした。というのも彼女は男と女の魂の情熱の誕生について歌っていたのですから。

そしてほのかなピンク色の赤らみが薔薇の花を染めていくのでした。それはまるで花嫁の唇にキスをするときに赤らむ花婿の顔のようでした。しかし棘はまだ彼女の心臓には届いていなかったので、薔薇の芯はまだ白いままでした。薔薇の芯も紅く染められるのはナイチンゲールの心臓の血だけだったからです。

そして木はナイチンゲールにもっと棘に押し当てろと言いました。「もっと近くに押し当てるんだ、ナイチンゲールさん。さもないと薔薇が完成しないうちに朝になるよ」と木が大声で言いました。

それでナイチンゲールは棘にもっと近くに押しつけて、ついに棘は彼女の心臓を貫いて、ナイチンゲールの全身にとても鋭い苦しい痛みが貫いたのでした。彼女の痛みはとても、とても苦しいものでした。それに合わせてその歌ももっともっと激しくなっていきました。というのも彼女は墓の中ですらも死なないほどの、死によって完成される愛について歌っていたのでしたから。

そして素晴らしい薔薇がついに真紅に染め上がりました。まるでそれは東方の空の薔薇のようでした。帯状になった花びらは隅々まで真紅になり、薔薇の芯もルビーのように真紅なのでした。

でもナイチンゲールの声の方はどんどんかすかになっていき、その小さな翼は羽ばたき始め、目がかすみ始めました。彼女の歌声はどんどん薄れていき、のどに何か詰まるものを感じたのでした。

そして最後の力を振りって彼女は歌を奏でたのでした。白い月が夜明けを忘れるほどに耳を傾け、空に漂ったままでした。赤い薔薇はそれを聞いて、喜びのあまり全身を震わせ、冷たい朝の空気へとその花びらを開いたのでした。こだまが丘にある紫の洞窟へとその歌声を運んでいって、夢を見ている羊飼いの眠りを覚ましたのでした。川の葦の間を漂って、その詞を海へと運んでいったのでした。

「見て、見て」と薔薇の木が叫びました。「薔薇がついにできたよ」。でもナイチンゲールはそれに応えることはありませんでした。というのも彼女は胸に棘が貫かれたまま、広い草の中で死に絶えていたのですから。

昼になると、学生は窓を開けて、顔を出しました。

「おや、なんて素晴らしい幸運!」と彼は叫びました。「赤い薔薇がある!こんなに見事な薔薇は今まで見たことないよ!とても綺麗で、実に長いラテン語の名前が付けられているに違いない」。そして彼は身をかがめ、それを摘んだのでした。

そして帽子を被って、その薔薇を手にしたまま教授の家へと駆け込んでいくのでした。

教授の娘さんは糸巻きに青い絹を巻きながら戸口に座っていて、彼女の飼っている小さな犬は彼女の足元で横になっていました。

「赤い薔薇を持ってきてくれると一緒に踊ってくれるって話でしたよね」と学生は大声で言いました。「ほら、これは世界で最も赤い薔薇ですよ。今夜あなたの胸のそばに翳して、一緒に踊りながらどのくらい僕が君を愛しているかそれが教えてくれるでしょうね」

しかし、その少女は不快そうな顔をしました。

「申し訳ないですけど、その薔薇は私のドレスには似合わないと思われますわ」と彼女は答えました。「それに侍従の甥の方が本物の宝石をいくつか送ってきてくださったのです。宝石はお花なんかよりもずっと価値があるのはわざわざ説明する必要なんてないでしょう?」

「いや、本当にマジで、あなたは実に恩知らずな人だ」と学生は怒りました。そしてその薔薇を通りへと投げ捨てると、それはドブの中に落ちていって、荷車の車輪がそれを轢いてしまいました。

「恩知らずですって!」と娘は言いました。「正直に言うと、あんたって本当に失礼な人ね。大体、あんた自分の立場分かってんの? たかが学生じゃない。侍従の甥の方のように、靴に銀の留め金すらついてないじゃないの」。そして彼女は椅子から立ち上がって、家へと入っていくのでした。

「愛なんて実にアホらしいものじゃないか」と学生はそこから歩いて離れていきながら、

言ったのでした。「論理学の半分ほども役に立ちしない。何も証明しないし、起こりそうもないことばっかいつも言うし、真実じゃないのに人を信じ込ませようとする。実際、愛なんて全く非現実的だし、それに、現代は現実的であることが全てなんだ。だから哲学へと戻り、形而上学を勉強するとしよう」

そして彼は部屋へと戻り、埃被った分厚い本を引っ張り出して、読み始めるのでした。

虱

芥川龍之介

一

元治元年十一月二十六日、京都守護の任に当たっていた、加州家の同勢は、折からの長州征伐に加わる為、国家老の長大隅守を大将にして、大阪の安治川口から、船を出した。

小頭は、佃久太夫、山岸三十郎の二人で、佃組の船には白幟、山岸組の船には赤幟が立っている。五百石積の金毘羅船が、皆それぞれ、紅白の幟を風にひるがえして、川口を海へのり出した時の景色は、如何にも勇ましいものだったそうである。

しかし、その船へ乗組んでいる連中は、中々勇ましがっているどころの騒ぎではない。第一どの船にも、一艘に、主従三十四人、船頭四人、併せて三十八人ずつ乗り組んでいる。だから、船の中は、皆、身動きも碌に出来ない程狭い。それから又、胴の間には、沢庵漬を鰡桶へつめたのが、足のふみ所もない位、ならべてある。慣れない内は、その臭気を嗅ぐと、誰でもすぐに、吐き気を催した。最後に旧暦の十一月下旬だから、海上を吹いて来る風が、まるで身を切るように冷たい。殊に日が暮れてからは、摩耶颪なり水の上なり、流石に北国生まれの若侍も、多くは歯の根が合わないと言う始末であった。

その上、船の中には、虱が沢山いた。それも、着物の縫目に隠れているなどという、生やさしい虱ではない。帆にもたかっている。幟にもたかっている。檣《ほばしら》にもたかっている。錨にもたかっている。少し誇張して言えば、人間を乗せる為の船だか、虱を乗せる為の船だか、判然としない位である。勿論その位だから、着物には、何十匹となくたかっている。そうして、それが人肌にさえ触れば、すぐに、いい気になって、ちくちくやる。それも、五匹や十匹なら、どうにでも、せいとうのしようがあるが、前にも言った通り、白胡麻をふり撒いたように、沢山いるのだから、とても、取り尽くすなどということが出来る筈のものではない。だから、佃組と山岸組とを問わず、船中にいる侍という侍の体は、悉く虱に食われた痕で、まるで麻疹にでも罹ったように、胸と言わず腹と言わず、一面に赤く腫れ上がっていた。

しかし、いくら手のつけようがないと言っても、そのまま打遣って置くわけにには、猶行かない。そこで、船中の連中は、暇さえあれば、虱狩りをやった。上は家老から下は草履取まで、悉く裸になって、随所にいる虱をてんでに茶呑茶碗の中へ、取っては入れ、取っては入れするのである。大きな帆に内海の冬の日をうけた金毘羅船の中で、三十何人かの侍が、湯もじ一つに茶呑茶碗を持って、帆綱の下、錨の陰と、一生懸命に虱ばかり、探して歩いた時の事を想像すると、今日では誰しも滑稽だという感じが先に立つが、「必要」の前に、一切の事が真面目になるのは、維新以前と雖、今と別に変わりはない。――そこで、一船の裸侍は、それ自身が大きな虱のように、寒いのを我慢して、毎日根気よく、そこここと歩きながら、丹念に板の間の虱ばかりつぶしていた。

二

ところが佃組の船に、妙な男が一人いた。これは森権之進という中老のつむじ曲がりで、身分は七十俵五人扶持の御徒士である。この男だけは不思議に、虱をとらない。とらないから、勿論、何処と言わず、たかっている。髷へのぼっている奴があるかと思うと、袴腰のふちを渡っている奴がある。それでも別段、気にかける様子がない。

ではこの男だけ、虱に食われないのかと言うと、又そうでもない。やはり外の連中のように、体中金銭斑々とでも形容したらよかろうと思う程、所まだらに赤くなっている。その上、当人がそれを掻いている所を見ると、痒くない訳でもないらしい。が、痒くっても何でも、一向平気で、すましている。

すましているだけなら、まだいいが、外の連中が、せっせと虱狩りをしているのを見ると、必ず脇からこんなことを言う。——

「とるなら、殺し召さるな。殺さずに茶碗へ入れて置けば、わしが貰うて進ぜよう」

「貰うて、どうさっしゃる？」同役の一人が、呆れた顔をして、こう尋ねた。

「貰うてか。貰えばわしが飼うておくまでじゃ」

森は、恬然として答えるのである。

「では殺さずに取って進ぜよう」

同役は、冗談だと思ったから、二三人の仲間と一緒に半日がかりで、虱を生きたまま、茶呑茶碗へ二三杯取り溜めた。この男の腹では、こうしておいて「さあ飼え」と云ったら、いくら依怙地《えこじ》な森でも、閉口するだろうと思ったからである。

すると、こっちからはまだ何とも言わない内に、森が自分の方から声をかけた。

「取れたかな。取れたらわしが貰うて進ぜよう」

同役の連中は、皆、驚いた。

「ではここへ入れてくれさっしゃい」

森は平然として、着物の襟をくつろげた。

「痩せ我慢をして、あとでお困りなさるな」

同役がこう言ったが、当人は耳にもかけない。そこで一人ずつ、持っている茶碗をにして、米屋が一合枡で米をはかるように、ぞろぞろ虱をその襟元へあけてやると、森は、大事そうに外へこぼれた奴を拾いながら、

「有難い。これで今夜から暖に眠られるて」という独り言を言いながら、にやにや笑っている。

「虱がいると、暖うこざるかな」

呆気にとられていた同役は、皆互に顔を見合せながら、誰に尋ねるともなく、こう言った。

すると、森は、虱を入れた後の襟を、丁寧に直しながら、一応、皆の顔を馬鹿にしたように見回して、それからこんなことを言い出した。

「各々は皆、この頃の寒さで、風邪をひかれるがな、この権之進はどうじゃ。くしゃみもせぬ。鼻も垂らさぬ。まして、熱が出たの、手足が冷えるのと言うた覚えは、かつてあるまい。各々はこれを、誰のおかげじゃと思わっしゃる。――みんな、この虱のおかげじゃ」

何でも森の説によれば、体に虱がいると、必ずちくちく刺す。刺すからどうしても掻きたくなる。そこで、体中万遍なく刺されると、やはり体中万遍なく掻きたくなる。ところが人間と言うものはよくしたもので、痒い痒いと思って掻いている中に、自然と掻いた所が、熱を持ったように温かくなってくる。そこで温かくなってくれれば、睡くなって来る。睡くなって来れば、痒いのも分からない。――こういう調子で、虱さえ体に沢山いれば、寝付きもいいし、風邪もひかない。だからどうしても、虱飼うべし、狩るべからずと言うのである……

「成程、そんなものでござるかな」。同役の二三人は、森の虱論を聞いて、感心したように、こう言った。

三

それから、その船の中では、森の真似をして、虱を飼う連中が出来て来た。この連中も、暇さえあれば、茶呑茶碗を持って虱を追いかけていることは、外の仲間と別に変わりがない。唯、ちがうのは、その取った虱を、一々刻銘に懐に入れて、大事に飼っておくことだけである。

しかし、何処の国、何時の世でも、Précurseur の説が、そのまま何人にも容れられるということは滅多にない。船中にも、森の虱論の説が、そのまま何人にも容れられるということは滅多にない。船中にも、森の虱論に反対する、Pharisien が大勢いた。

中でも筆頭第一の Pharisien は井上典蔵という御徒士である。これもまた妙な男で、虱をとると必ず皆食ってしまう。夕方飯をすませると、茶呑茶碗を前に置いて、うまそうに何かぷつりぷつり噛んでいるから、側へよって茶碗の中を覗いて見ると、それが皆、とりためた虱である。「どんな味でござる?」と訊くと、「左様さ。油臭い、焼米のような味でござろう」と言う。虱を口でつぶす者は、何処にでもいるが、この男はそうではない。全く点心を食う気で、毎日虱を食っている。——これが先ず、第一に森に反対した。

井上のように、虱を食う人間は、外に一人もいないが、井上の反対説に加担をする者はかなりいる。この連中の言い分によると、虱がいたからといって、人間の体は決して温まるものではない。それのみならず、孝経にも、身体髪膚之を父母に受く、敢えて毀傷せざるは孝の始なり、とある。自から、好んでその身体を、虱如きに食わせるのは、不孝もまた甚しい。だから、どうしても虱狩るべし。飼うべからずと言うのである……

こういう行きがかりで、森の仲間と井上の仲間との間には、時折口論が持ち上がる。それも、ただ、口論位ですんでいた内は、差し支えない。が、とうとう、しまいには、それが元で、思いもよらない刃傷沙汰さえ、始まるようなことになった。

それというのは、或日、森が、又大事に飼おうと思って、人から貰った虱を茶碗へ入れてとっておくと、油断を見すまして井上が、何時の間にかそれを食ってしまった。森が来て見ると、もう一匹もない。そこで、この Précurseur の説が、そのまま誰にでも容れられるということは滅多にない。船中にも、森の虱論に腹を立てた。

「何故、人の虱を食わしたった」

張肘をしながら、眼の色を変えて、こう詰め寄ると、井上は、

「自体、虱を飼うというのが、たわけじゃての」と、嘘ぶいて、まるで取り合う気色がない。

「食う方がたわけじゃ」

森は、躍起となって、板の間を叩きながら、

「これ、この船中に、一人として虱の恩を蒙らぬ者がござるか。その虱を取って食うなどとは、恩を仇で返すのも同然じゃ」

「身共は、虱の恩を着た覚えなどは、毛頭ござらぬ」

「いや、たとえ恩を着ぬにもせよ、みだりに生類の命を断つなどとは、言語道断でござろう」

二言三言言いつのったと思うと、森がいきなり眼の色を変えて、蝦鞘巻の柄に手をかけた。勿論、井上も負けてはいない。すぐに、朱鞘の長物をひきよせて、立ち上る。――裸で虱をとっていた連中が、慌てて両人を取押さえなかったなら、或いはどちらか一方の命にも関わるところであった。

この騒ぎを実見した人の話によると、二人は、一同に抱きすくめられながら、それでもまだ口角に泡を飛ばせて、「虱。虱」と叫んでいたそうである。

四

こういう具合に、船中の侍たちが、虱の為に刃傷沙汰を引き起している間でも、五百石積の金毘羅船だけは、まるでそんなことには頓着しないように、紅白の幟を寒風にひるがえしながら、遙々として長州征伐の途に上るべく、雪も宵の空の下を、西へ西へと走って行った。

首飾り

ギ・ド・モーパッサン（Guy de Maupassant）

La Parure

召使の家庭に生まれた娘がいたが、運命の配分が間違えられたのではないかと思うくらいに可愛くて魅力的な娘の一人であった。持参金も将来相続する遺産もなかったので、裕福で身分の高い男に知られて理解され、愛されて結婚されるという手段はなかった。そして文部省の木端役人と結婚することになった。

彼女は地味な格好をしていて、身を飾ることを知らなかったが、落伍者のように不幸であった。というのも女には身分や家柄というものはなく、その代わりに彼女たちの美や親切や魅力がその代わりを務めるものだからである。生まれつきの顔立ちの良さや本能的な優美さ柔軟な精神性のみがこういう彼女たちの階級なのであり、それによって庶民の娘が身分の高い貴婦人と同等の立場に置くのである。

あらゆる優美や贅沢のために自分は生まれてきたと思っていたので、裕福でない彼女はいつも苦しんでいた。家の貧しさ、壁の荒廃ぶり、椅子が使い古されていること、布の醜さをいつも気にしては苦しんでいた。同じ階級の女なら気づくことすらないこれらの不満は、彼女に苦痛を与え怒りを覚えさせた。家でつつましい家事を行うブルターニュ生まれの少女を見ると、悲嘆を覚えるほどの無念さと狂おしいほどの夢を見させるのだった。彼女は東洋風の壁紙が貼られ、銅製の高い燭台によって照らされた静かな控室や、二人のがっしりとした半ズボンを履いた従僕が暖炉の重々しい暑さで微睡んでいる姿を夢想していた。古い絹に覆われている大きな客間や、非常に高価な装飾が添えられていた優雅な家具についても夢見ていたし、親密な友人たち（女性全てが羨望し注意を引きたいと思うほどに有名で憧れられている人たち）と一緒に午後五時にお喋りをするために作られたお洒落で香りの良い小さな客間にもまた思い巡らしていた。

夕食のために、彼女は三日間も使用されていたテーブルクロスがかかっている丸い机の前に座っていた。そして「ああ、素晴らしいポトフだ、これより美味いもんはない」と言いながら実に嬉しそうな様子をしながらスープの鍋をあける夫と向かいあって座っていた彼女は、豪勢な晩餐、そこには眩い銀の食器が用意され、御伽の森の古代人や不思議な鳥が描かれている壁布が敷かれている光景を思い浮かべた。さらに彼女は奢侈な皿に盛られた鱒の赤肉や蝦夷雷鳥の手羽肉等の豪華な料理を食べながら、ご機嫌取りの囁きをスフィンクスのような謎めいた笑みを浮かべながら聞いたりしている様子を思い浮かべた。

だが彼女には身繕いのための衣服もなければ、宝石もなかった。

そしてそういったものしか好きになれなかった。彼女はそういったもののために作られたような気がしていた。それほどまでに他人に喜ばれ、羨望され、魅了させ、言い寄られることを強く望んでいたのである。

彼女には一人の裕福な女友達がいた。その人は修道院時代の同期だったが、その人にもう一度会いに行きたいとは思わなかった。会うたびに彼女は苦しい思いをしたからだ。何日間もずっと、悲しさと、無念さ、絶望と悲嘆で泣き続けたのだった。

さて、ある晩のこと、彼女の夫が戻ってきたのだが、夫は手には大きな封筒を持ったまま随分と誇らしげな様子をしていた。

「ほら、お前にとって嬉しいものがあるよ」と彼は言った。

彼女はすぐに封筒を破って、以下のような言葉が印刷されていたカードを取り出した。

「文部大臣並びにジョルジュ・ランボノ夫人は一月一八日の月曜日、当屋敷において開催される夜会にロワゼル夫妻がお越しいただくことをご案内申し上げます」

夫は彼女が大はしゃぎするだろうと期待していたが、実際は口惜しげにその招待状を机の上に投げつけて、不満を漏らした。

「これを一体どうすればいいというのよ?」

「でもお前、俺はお前がこれを見れば喜ぶと思ったんだよ。お前は全くといっていいほど外に出かけることはないんだし、それはいい機会じゃないか。それを手に入れるのにすごい苦労したんだよ?みんなその招待状が欲しくて欲しくてたまらないし、俺のような取るに足らない役人なんかはそう簡単に手に入れられるような代物じゃない。行ってみるとそこにはお偉いさんばかりってのがわかるさ」

夫を苛立った目で見て、堪えきれない様子でこう叫んだ。

「そこに行く時、一体どういう服装を着ていけばいいというの?」

彼はそこまでは頭が回っていなかった。そこでこう呟いた。

「お前が劇場に行くときに来ていく服があるじゃないか。俺としては、あれがとてもいいんじゃないかと思うがね……」

彼は妻が泣いているのを見ると、押し黙り、呆気に取られ、取り乱してしまった。二粒の大きな涙が両眼の端から口の端へとゆっくりと流れ落ちていった。彼は口籠りつつも、こう言った。

「どうした、一体どうしたっていうんだ?」

だが彼女は苦しい気持ちをどうにかこうにか必死に堪えて、涙で濡れた両頬を拭いながら静かな声でこう答えた。

「なんでもないわ。ただその会に相応しい衣装がないから行けないのよ。もっといい服のある奥さんを持ってらっしゃる同僚の人にその招待状をあげればいいのよ」

彼は悲しくなって言葉を続けた。

「ねえ、マチルド。今回の夜会だけでなく他の時にも着ていけるようなごくごく簡単で上品な衣装はどのくらいの値段がするだろうね」

彼女は少し考えてみて計算してみた。そして安月給の役人でも恐ろしい声を上げずなんとか払えると思えるような金額を考えた。

そして、彼女は躊躇いつつもこう答えた。

「正確にはわからないけれど、四百フランあればなんとか足りると思うわ」

夫の方は少しばかり顔が青ざめた。というのも彼は次の夏までに銃を買って仲間内でナンテールの平原に行って狩りをするつもりでいて、今も数人の友人たちと毎週日曜日にそこで雲雀を狩りに出かけていっていたのだが、今度のその狩りのための金額をちょうどそのくらい溜め込んでいた。

それでもなお彼はこう言った。

「分かったよ。お前に四百フランあげるよ。だが素敵な衣服を頑張って用意するんだよ」

夜会の日が近づいてきた。ロワゼル夫人は悲しそうな様子をしていて、落ち着かず不安だった。だがそれでも彼女は晴れ着を用意していたのだ。夫はある晩彼女にこう言った。

「どうしたんだい？どうもお前はこの三日間様子がとても変に見えるが」

それに答えた。

「着けたい宝石や装飾がなくて困ってるのよ。このままだと本当に惨めな姿を晒してしまうわ。もうその夜会に行かない方がこれだとましよ」

言葉を続けた。

「花をつけていったらいいじゃないか。今の時期には打ってつけだと思うよ。十フラン出せば素敵なバラを二、三買えるさ」

だが彼女はそれに応じなかった。

「いや……。お金持ちの女たちの前でそんな惨めな姿をするなんてこれ以上ない侮辱だわ」

だが夫の方はこう叫んだ。

「馬鹿だな、お前は！お前の友人のフォレスティエ夫人のところに行って、その人に宝石を貸してくれとお願いすればいいじゃないか。それくらいのことを頼めるくらいは仲がいいだろ？」

彼女は喜びの叫び声を上げた。

「確かにそうね。思いもつかなかったわ」

翌日、彼女はその友人のところにいって自分の悩みについて話した。

フォレスティエ夫人は鏡付きの箪笥の方へと行って大きな箱を取り出し持ってきた。そしてそれを開けてロワゼル夫人に言った。

「好きなのを選んでいいわよ」

彼女はまず腕輪をみた。そして真珠の首飾りや金と宝石が施されていた素晴らしい出来栄えのヴェネツィア製の十字架をみた。彼女は鏡の前でそれらの装飾具を試してみて、躊躇いつつそれらを諦めて友人に返す決心はつきかねた。彼女はいつもこう尋ねた。

「他にはないの？」

「あるわよ。探してご覧。あんたが喜びそうなのは私には分からないわ」

突然、彼女は黒繻子の箱の中に出来の見事な三日月形のダイヤを見つけた。彼女の胸は欲しくてたまらないくらいに高鳴った。それを手に取ってみるとその手は震えた。彼女は立ち襟のローブを着たまま首の周りにつけてみて、鏡に映る自分の姿の前に立ちながら大はしゃぎしていた。

そして彼女は不安な気持ちでいっぱいになりながら、おずおずとこう訊いたのであった。

「これ貸してくれない？これだけでいいから」

「いいわよ、もちろん」

彼女は友人の首に抱きついて強い勢いでキスをした。そしてその宝物を持って逃げるようにして帰宅した。

夜会の日がとうとうやってきた。ロワゼル夫人は成功を収めた。彼女は他の誰よりも誰よりも綺麗で、気品があり優美で、微笑みを浮かべてあまりの嬉しさで気が乱れていた。男たちは全員彼女の方を見ていて、彼女の名前を尋ね、紹介して貰おうと努めていた。内閣関係者も誰もが彼女と踊りたいと思っていた。大臣もまた彼女に一目置いていた。

彼女は恍惚とした狂おしいほどの様子で踊っていて、喜びのあまり陶然としていた。この自分の美の勝利、自分の成功という誉れ、あらゆる敬意やあらゆる感嘆やあらゆる呼び醒まされた欲望や女の心にとってどこまでも完全で極めて甘美なこの勝利によって形成された一種の幸福の雲の中に漂いながら、もう他のことは考えていなかった。

彼女は午前四時にそこに暇を告げた。夫は深夜を過ぎると人気のない小さな客間で他の三人の男たちと一緒に眠っていたが、彼らの妻はたっぷりと楽しんでいたのであった。

夫は妻の肩に、帰宅する際に用意しておいた衣服を投げかけた。それはいつも日常的に着るような質素なものであり、先ほどのような舞踏会のための気品ある衣装とはあまりに不釣り合いなものだった。彼女はそのことに勘付いて、立派な毛布に身を包んでいる他の女たちからそんな衣装を着ていることを悟られないように逃げるようにして去ろうとした。

夫のロワゼルは彼女を引き留めた。

「待ってくれよ。そんな格好で外に出ると風邪をひくよ。馬車を呼んでくるよ」

だが夫の言うことには彼女は全く耳を貸さず、階段を勢いよく降りていった。彼らが通りについた時、乗り物はもうなかった。そして彼らは乗り物を探し始め、遠くを通っていく御者を大声で呼び上げた。

彼はセーヌ川へと、絶望して寒さに震えながら降っていった。ようやく埠頭の方に古い夜馬車が停留しているのを見かけた。それはパリでは夜にならないと見られないもので、あたかも昼にそのみすぼらしい姿を晒すのは恥ずかしいと言わんばかりであった。

その馬車は彼らをマルテイル通りにある自宅の前にまで連れて行き、悲しげに家へと入っていった。彼女にとってはついに終わってしまったわけである。夫の方では、十時までには役所へと出勤しなければいけないことを考えていた。

彼女は肩を包んでいた衣装を脱ぎ捨てて、そして鏡の前に立って自分の栄光ある姿をもう一度見ようとした。だが突然彼女は大きな声を押し上げた。首に巻いていた首飾りがなくなっていたのである。

着ていた服を半分脱いでいた夫は訊いた。

「どうしたっていうんだい？」

彼女は夫の方を向いたが、狂乱状態にあった。

「私、私、フォレスティエ夫人の首飾りをなくしてしまった！」

夫も動転しつつ立ち上がった。

「何だって！そんな馬鹿な！あり得ない！」

そして二人して衣装やコートの襞の中、ポケットの中という具合に至るところを探し回ったが、その首飾りを見つけることはできなかった。

夫はこう尋ねた。

「舞踏会から出てくる時に持っていたことは確かなんだよね？」

「ええ、私は庁舎の玄関で触ったわ」

「だがお前が通りで落としてしまったというのなら、それが落ちる音が聞こえてきたはずなんだが。だとしたら馬車の中にあるんだろう」

「ええ、それはありえるわね。番号を覚えてる？」

「いや、お前は？お前は番号を見なかったかい？」

「いいえ」

二人は愕然として互いを見つめた。やがて夫は服をまた着た。

「帰りに歩いてきた道をまた最初まで辿ってくるよ、そうすれば首飾りが見つかるかもしれない」

そして彼は出ていった。妻の方は夜会の衣装を脱がないまま寝る力もなく、椅子の上にぐったりと倒れ、無気力で考えることもできなかった。

夫は七時頃に戻ってきたが、見つけることはできなかった。

彼は警察庁や新聞社に行き、首飾りの発見には報奨金を与えることを約束した。さらに小さな乗り物の会社にも行き、首飾りが見つけられる可能性があるところは最終的に全て回った。

妻はといえば、この恐ろしい禍を前にして、一日中ずっと怯えるばかりであった。

夫は夜に、痩せこけて青ざめた顔をしながら戻ってきた。結局全く見つからないのであった。

「お前の友達に手紙を書いて、首飾りの留め金をお前が壊してしまって直さないといけないと伝えてくれ。そうすれば首飾りを返すための時間を稼ぐことができる」

彼女は夫に言われるように手紙を書いた。

一週間経過すると、希望は何もかも失われてしまった。

そして夫は、五年ほど老けたような様子で強く言った。

「あの宝石の代わりとなるものを考え出さないといけない」

それで翌日、二人は閉ざした箱を持ってその箱に名前の書いてあった宝石商のところへと行った。宝石商は帳簿を調べた。

「マダム、その宝石を売ったのは我々の方ではありませんな、我々が提供したのはあくまでも箱の方であります」

そして二人は多数の宝石商を記憶を頼りに次々に回っていきあれと似たような首飾りを探したのだが、悲しみと不安で二人は気がおかしくなりそうだった。

彼らはパレ・ロワイヤルの商店で、探していた首飾りとそっくりなダイヤのロザリオを見つけた。それの値段は四万フランだったが、三万六千フランに負けてくれるという話だった。

彼らはその宝石を三日間は他の人に売らないでくれと商人に頼んだ。そして二月が終わる前に前の首飾りを見つけたら、三万四千フランでそれを買い取ってくれるという条件をつけた。

夫は父が遺していた一万八千フランを持っていた。そして足りない分は借りる必要があった。ある人には千フラン、別の人には五百フラン、ここでは五ルイあそこでは三ルイという具合に夫は借金していった。彼は手形を入れて、自分が破滅してもおかしくないような契約を交わし、高利貸し等のあらゆる金貸しと関わりあった。彼は定年退職した後の生活を危険に晒し、交わした契約を履行できるかどうかも分からぬのに署名し、将来の不安、自分に襲いかかってくる暗澹たる貧窮、所有物の剥奪や精神的なあらゆる苦悶を見通しながらも、慄きながら新たな首飾りを求めてあの商店のカウンターに三万六千フラン置いたのであった。

妻のロワゼル夫人がフォレスティエ夫人へと首飾りを持っていった時、彼女はロワゼル夫人に気を害しながら言った。

「もっと早く返してくれるべきだったと思いますけどね、私にも必要な時があったかもしれないんだから」

ロワゼル夫人は箱を開けなかった。というのも友人を恐れていたからだ。もしフォレスティエ夫人が別の首飾りを用意したことに気づいたら彼女はどう思うことだろう？彼女は何と言うだろう？自分のことを泥棒だと思うんじゃないだろうか？

ロワゼル夫人は恐ろしい赤貧生活を味わった。だが突然彼女は果敢に決心したのだ。この並外れた額の借金を返済しなければならないのだ。彼女は払おうと考えた。彼女は女中に暇を出し、住まいも変えて屋根裏部屋を借りて住むことになった。

彼女は汚らわしいような家事も行い、台所の嫌な仕事にも従事した。皿を洗い、油のついた食器や鍋の底を擦っては自分の赤みのあった爪を痛めていった。汚れた下着やシャツや雑巾も彼女は洗濯して、それらを紐に干した。毎朝通りに降りてはゴミを捨てて水を汲んで階段の段ごとに足を止めては息を喘いだ。そして通俗的な女たちと同じような格好をして果物屋や食料品屋、肉屋へと籠を抱えて足を運んでいき、店で交渉して、侮辱されながらも僅かにせよ自分の金銭をちょっとずつ貯蓄していった。

毎月手形の金も払わなければならず、その中には時間を得るために書き換えなければならないものもあった。

夫は晩になると取引の勘定をしてその損益を計算しなければならず、夜には一ページ辺り五スーの模写仕事をすることもしばしばあった。

このような生活が十年間続いた。

十年経過すると、高利貸しの利子を含む借金や蓄積されていた利息等、それら全てを返済するに至った。

妻のロワゼル夫人は今となっては年老いた様子になっていた。彼女は強くてがっしりとした、だが粗野で貧しい家政婦のようになっていた。髪の毛はボサボサで、スカートは歪んでいて両手は赤く、しゃべるときは声高になり、水を無遠慮なまでに使って床板を洗った。だが夫が役所に出勤している時、たまに彼女は窓のほうに寄りながらかつてのあの夜会を、自分がとても美しく注目を攫っていたその舞踏会を思い出しては物思いに耽っていた。

もしあの首飾りを失くさなかったら今頃どうなっていただろう？どうなっただろう？分かる人はいるだろうか？人生ってなんて変で変わりやすいんだろう！自分を破滅させたり救済させたりするなんてほんのちょっとの出来事だけで十分！

ある日曜日、一週間の仕事の疲れを癒すためにシャンゼリゼ通りを歩き回っていたところ、ふと子供を連れて歩いている女性を目にした。その人はフォレスティエ夫人であった。相も変わらず彼女は若々しく、美しく、魅力的であった。

ロワゼル夫人は心乱れた。彼女の方に行って話しかけようか？そう、それがいいわ。今となっては全部返済してしまったのだから、事の真相を全部打ち明けてしまおう。それに何の問題があるというの？

そして彼女はフォレスティエ夫人の方へと近づいた。

「こんにちは、ジャンヌ」

相手は話しかけてきたのが誰だか分からなかったので、こんな小市民的な女から気安く名前を呼ばれて驚いた。彼女は口籠った。

「えーと、マダム！私、あなたをご存知ないの、人違いよ」

「いいえ、私はマチルド・ロワゼルよ」

友人は大きな声をあげた。

「まあ、かわいそうなマチルド、随分と変わったのね！」

「ええ、最後にあなたと会った時以来、私相当辛い目に遭ってきたのよ。本当に惨めだったわ、それもあなたのせいで！」

「私のせい……。どうしてかしら？」

「私が文部省の夜会に出かけるためにあなたが用意してくれたダイヤの首飾りのことは覚えてるよね？」

「ええ、それが？」

「それで、私それなくしちゃって」

「あら！でもあなたはあれを返しに私に持ってきてくれたじゃない」

「借りた首飾りとそっくりなのをあなたに返したのよ。そしてそのそっくりな首飾りの借金を返済するのにそれから十年かかったの。私たちお金がないから簡単には返済できないことは分かるよね？でもそれももう終わってしまって、今はすごい嬉しい気分」

フォレスティエ夫人は立ち止まっていた。

「私が貸してあげたものの代わりにダイヤの首飾りを買ってくれたって言ったわよね？」

「ええ、あなたは気づかなかったよね？あまりにそっくりだったからね」

そう言って彼女は誇らしげで爛漫な笑みを浮かべていた。

フォレスティエ夫人は激しく心が乱れて、相手の両手を握った。

「まあ、かわいそうなマチルド！でもあれは偽の首飾りだったのよ。せいぜい五百フランの価値しかないくらいの……！」

二十年後

オー・ヘンリー（O. Henry）

After Twenty Years

巡回していた警察官がかなり印象的に通りを歩いていた。そのような人目につきやすそうな歩きぶりもいつもの様子であり決して誇示するためにしていたわけではない。というのも彼に目をやるような通行人はほとんどいなかったからだ。夜の十時になるかならないかの時間で、風が小雨を降らしながら冷たく吹きついていて、それによって人々はほとんど外に出歩いていなかった。

歩きつつ目に入ってくる家の戸に目を向けている。持っていた警棒を巧みに華麗にくるくる回しながら、静かな道路に自分の油断のない目を向けている。頑健な体格に多少ふんぞり返っているような様子をしているその警察官は、平和の番人を司る者として実に絵になっていた。その地区は閉まる時間が早かった。所々で煙草屋や終夜営業の軽食堂の光が見えてくることもあろうが、大多数の店はとっくにドアを閉めていたのであった。

とある街区の中あたりで、警官は突然歩みを遅めた。暗くなっていた金物屋の出入り口に火をつけていないタバコを咥えた男が寄りかかっていた。警官が彼の方へと歩いていき、その男が相手に気づくとすぐに口を開いた。

「何にもありゃしませんよ」とその男は相手を安心させるように言った。「ただダチを待っているだけなんです。二十年前に決めた約束でね。そういうと少しばかり変に聞こえるよな?まあ、変だと思うってんなら詳しい説明をしても構わないさ。ずっと昔だとここはレストランだったんです。『ビッグ・ジョー・ブレイディ』っていう名前の」

「五年前に解体された」と警官が言った。

出入り口にいたその男はマッチを擦って、咥えていたタバコに火をつけた。青白くて角張った顔とその鋭い目がその火によって浮かび上がった。右の眉の近くに小さな白い傷跡があった。彼のネクタイピンには大きなダイヤがあったが、どうもそれにはぎこちなさが感じられた。

「ちょうど二十年前のこの夜、私はここのレストランでジミー・ウェルズという一番のダチと夕食をとっていたんですよ。あんないいやつは世界に二人といないでしょうよ。あいつと私はニューヨークで一緒に育ったんです、まるで兄弟のようにね。私はその時十八歳で、ジミーのやつは二十歳だった。その次の日には私は西へと行って一旗あげようとするつもりでした。ジミーのやつをニューヨークから引き摺り出すなんてできない。あいつにとってはニューヨーク以外で生きるなんてあり得ないと考えてたからね。そんで、その夜約束したんですよ、ちょうどその時から二十年正確に経過した時に、たとえお互いどんな状態になっているか、どんなに遠く離れているか一切関係なしに会おうってね。二十年も経てば、二人ともどうなっていようとも運命がうまく仕事してそこそこ成功してるだろうと考えたわけですよ」

「それはまた随分と興味深いな」と警官が言った。「といっても二十年というのはいささか長すぎると思うがな。そのダチとやらからそれ以来何か連絡はあったのか？」

「まぁ、はい。しばらくの間は手紙でやりとりしていました」と相手の男が言った。「それでも一、二年すればもう場所は分からなくなりましたね。というのも西部と言っても相当広いんですよ。そこをあっち行ったりこっち行ったりと忙しなく動いていましたからね。でもジミーなら生きてさえいれば絶対にここで会ってくれるものと確信していましたよ。何といってもあいつはいつも約束を破らない信頼できるやつだからね。あいつが忘れるはずがない。俺はずっと離れたところからこのドアに今夜立つためにわざわざやってきたわけですが、俺の相棒が来てさえくれればそれだけの苦労も報われるもんですよ」

待っていたその男は出来栄えのいい時計を取り出した。その蓋には小さなダイヤモンドが付けられている。

「あと三分もすれば十時になる」とその男が時間を告げた。「あのレストランの前にで別れたのが、ぴったし十時だった」

「それで、西部の方ではうまく行ったのかい？」と警官が訊いた。

「そりゃあもう！その半分でもジミーのやつがうまく行っていたらと思うよ。あいつは仕事ぶりが遅いんだよ、まあいいやつだけどね。俺ときたら、儲けを横取りしてくるようなすげぇ狡賢い奴らと張り合わないといけなかったからな。ニューヨークだと型にはまって生きさえすればいいが、剃刀みてぇなヒリヒリした生き方をしたいなら西部だな」

警官はまた警棒をくるくる回して一、二歩進んだ。

「それじゃあ、俺は行くよ。あんたの友達が無事来てくれるといいな。時刻通りに来なかったらすぐに立ち去るのかい？」

「そういうわけにもいかないな！」と相手の男が言った。「少なくとも三十分は待ってやるよ。もしジミーのやつが生きていたら、それくらい待っていれば来るだろうさ。そんじゃあな、警官さん」

「ではおやすみ」と警官は別れを告げて、巡回を続けて、各々の家に目を向けていった。

冷たい小降りの雨がパラパラと降っていた。さっきまでは吹いたり止んだりしていた風が一定の勢いで吹き続けるようになっていた。周囲で歩いていた数人だけの通行人はコートに襟を立て、ポケットに手を突っ込んだまま押し黙って陰気そうに急ぎ足になっていた。そして金物屋の出入り口の前に立っていた、ほとんど馬鹿馬鹿しいくらいの不確かな約束を若い時からの友人と果たすためにわざわざずっと遠くからやってきたその男は、タバコを吸いながら待っていたのであった。

彼は二十分ほど待っていたが、すると耳にまで襟を立てた長いコートを着た長身の男が、通りの反対側から急ぎ足で横切ってきた。待っていた男の方へとまっすぐやってきた。

「お前かい、ボブ？」と彼は疑いながら聞いた。

「お前はジミー・ウェルズか？」と戸口にいた男が叫んだ。

「こいつはすげぇや！」と後からやってきた男も叫んだ、互いの手を取り合った。

「確かにボブだ、間違いねぇ。まだこの世に存在していたなら絶対にここで出会えるであろうと確信していたさ。いやいやいや。二十年ってのは長いもんだな。あのレストランも無くなっちまったんだ、ボブ。まだあのままあったらよかったんだがな、そうしたらまた一緒に飯食えたじゃないか。それで西部ではどんな感じだったかい?」

「大したもんだよ、俺が望んでいたものが全部あった。ジミーの方は随分変わったな。こんなに背が高かったっけ、二、三インチほど伸びたような」

「ああ、二十になった時に少し伸びたんだ」

「ニューヨークではうまくいってるのか、ジミー?」

「まあまあかな。市の部の一つに勤めているんだ。来いよ、ボブ。俺にとって馴染みの場所があるんだ、そこで昔のことについてじっくりと語り合おうや」

二人は通りを腕を組みながら歩き始めた。西部からきた男は、成功によって自負心が膨れ、自分の武勇伝について語り始めた。もう片方の外套にすっぽりと身を包んでいる男は、興味深く耳を傾けていた。

街角には薬屋があり、電灯がその店を照らしていた。その灯りへと二人がやってくると、二人は互いの顔を見るために同時に顔を向けた。

西部からの男は突然足を止めて、相手の腕を離した。

「お前、ジミー・ウェルズじゃないな」とボブが食ってかかった。「二十年というのは確かに長いが、いくらなんでも鷲鼻が獅子鼻へと変わるわけがない」

「いい奴が悪い奴になることはあるさ」と長身の男は言った。「お前は十分前にはもう逮捕されてるんだぞ、『シルキー』・ボブ。シカゴからこちらの方にやって来るという連絡があって、向こうに行って話をしたいとの電報があったが、大人しく来てくれるよな？その方が身のためだぞ。ところで署の方へと行く前に、あいつからこの紙切れを渡してくれと頼まれた。この明るい窓の側で読んでみたらどうだ。ウェルズ巡査からだ」

西部からの男は渡されたその小さな紙切れを開いた。読み始めた時はその手はしっかりとしていたが、読み終える頃には少し震えていた。その内容は短かった。

「ボブ

俺は約束の時間通りにそこにいた。お前がタバコに火を灯すときに浮かんだ顔を見ると、それはシカゴで手配されていた顔だった。俺ではとても無理だったから、一旦離れて私服の警官に逮捕するように頼んどいた。

ジミー」

アモンティラードの酒樽

エドガー・アラン・ポー（Edgar Allan Poe）

The Cask of Amontillado

フォルトゥナートが僕に行ってきた数々の無礼な行為は出来る限り容赦してきたが、彼が僕を大胆に侮辱までしたというならば、復讐を誓うことになる。そして僕の魂の性分をよくご存知であるあなたなら、僕が脅迫めいたことをしゃべることはないことはよく分かっていらっしゃるだろう。だが復讐が成就されること、このことは決定的に定められていた。だが確実に成就させるほどに決意したのであるから、リスクは絶対に取らず危険な目には遭わない。僕は単に必ず報復するだけではなく、罰せられることなく復讐するのだ。復讐を遂げようとする者が逆に復讐されようなどと、そんなことでは悪は報いられたことにはならぬ。さらに同じく、復讐する者がかつて自分に悪を為してきた相手に対して、その悪と復讐されていることを肌で痛感させることができなければ、やはり悪は報いられことにはならぬ。

理解していただきたいのだが、僕は言語並びに行為の両面において、フォルトゥナートに僕の善意について疑いを抱かせたことはない。僕は今まで通りに彼の前で微笑みを浮かべていたので、僕のその笑みが相手方を潰すためのほくそ笑みであることは夢にも思っていなかった。

このフォルトナートという男は尊敬されて恐れられてすらいたのだが、一つ弱点があった。つまりワインに関して造詣が深いのをやたらと自慢していたことだ。イタリア人で本物の卓越した精神性を備えている者はほんの僅かだ。大多数の人間はその時と場合のために自分の情熱に適応させるものだ、その時と場合はつまりイギリス人とオーストリア人の金持ちたちにペテンを働きかけるというものだ。絵画や宝石に関してフォルトゥナートは、同じイタリア人と同様に、とんだ食わせ物というわけだが、古いワインとなれば彼は誠実だった。その点においては彼と僕の差は小さかった。僕もイタリアもののワインについては精通しており、機会が許されていればたっぷりと買い込んだものだった。

それで我が友フォルトゥナートと出会ったのは謝肉祭も最高潮の時のある薄暗い夕暮れ時だった。彼は相当アルコールが回っていたので、彼の方から異様なまでの親愛の情を込めて僕に近づいてきた。彼は道化師のようなまだらの服を着ていた。縦の赤線と白線による縞模倣をした身にぴったりとした衣装を身につけていて、頭には鈴のついたとんがり帽子を被っていた。僕としても相手と会えたことが嬉しく、その時ほど相手の手を強く握ったことはなかった。

僕は彼にこう言った。「おおフォルトゥナート、いい所で会ったね。今日はまた随分とおつな格好をしているじゃないか。ところでスペイン高級酒のアモンティラードとされている酒樽を先日受け取ったのだが、どうもそれが胡散臭くてね」

「何?」と彼は言った。「アモンティラード?その酒樽だって?あり得ない!しかも謝肉祭の最中だというのに!」

「でもどうにもそれが胡散臭いのさ」と僕は答えた。「そして馬鹿げてるけど、つい君に相談せずにアモンティラードの相場の価格を丸ごと払ってしまったんだ。君に連絡が取れなかったし、かといってこのまたとないチャンスを失いたくなかったんだ」

「アモンティラード!」

「胡散臭いんだ」

「アモンティラード！」

「だから確かめないとな」

「アモンティラード！」

「君は忙しい身だから、ルクレジーのやつの所へ行こうとしていたんだ。こういうのが得意な奴といったら、あいつしかいないさ。あいつなら僕に――」

「ルクレジーなんかにはアモンティラードとシェリーの区別もつけれねぇよ」

「でも君と同じくらいに酒の味に確かなのはあいつだって、そう聞くけど」

「じゃあ、行くぞ」

「どこへ？」

「お前の酒の貯蔵室だよ」

「いやいや、それは駄目だよ。君が親切だからといってそれに頼るってわけにはいかないよ。今忙しそうなんだし。ルクレジーは――」

「全然忙しくなんかないさ――行くぞ」

「いやいや、それは駄目だよ。忙しいとかそんなじゃなくて、どうも君は結構な風邪をひいているみたいじゃないか。酒の貯蔵室は湿気が酷すぎる。硝石が一面に覆われているんだ」

「いいんだよ、行くんだ。風邪だからってなんだっていうんだ。アモンティラード！お前は嵌められたんだよ。それにルクレジーのやつはシェリーとアモンティラードの違いすら分からないんだよ」

こう言いながら、フォルトゥナートは僕の腕を掴んだ。黒い絹の仮面をつけて、外套でしっかりと身を纏い、彼に急かされるがままに自分の屋敷へと向かった。

僕の屋敷には誰もいなかった。召使たちには謝肉祭に大いに楽しむために出かけて行った。僕は彼らに翌朝になるまでには戻ってこない旨を伝えてあり、さらに屋敷から絶対に出るなと厳しく命令しておいた。こう予め命令しておけば十分だった。そうすれば僕が屋敷を出ればすぐさまに、彼らも出ていくことを確信していたからだ。

僕は張り出し燭台から松明を二つ取り、片方をフォルトゥナートにあげていくつもの部屋を通り抜けていって、貯蔵室へと通じるアーチ道へと案内した。僕は長くてうねりくねった階段を降りて行き、ついてくるフォルトゥナートに気をつけるように声をかけた。階段の一番下にようやく降りて、モントレゾール家の地下墓地の湿った地面に二人して立っていた。

我が友人は不安定な歩き方をしていて、帽子に添えられていた鈴は彼が歩くたびに鳴った。

「酒樽は?」と彼が言った。

「まだ先だよ」と僕は言った。「でもこの地下洞の壁に光っている白い蜘蛛の巣を見てみなよ」

フォルトゥナートは僕の方を見て、酔いによって沁み出した涙を朧気な両目で僕の目の中を覗き込んだ。

「硝石かい」と彼はしばらくしてから尋ねた。

「硝石だよ。一体いつから咳をしているんだい？」

「ゴホッ、ゴホッ、ゴホッ！ゴホッ、ゴホッ、ゴホッ！ゴホッ、ゴホッ、ゴホッ！ゴホッ、ゴホッ！ゴホッ、ゴホッ、ゴホッ、ゴホッ！」

僕の哀れな友達は、しばらくの間返事することができなかった。

「何でもないよ」と彼はようやく答えた。

「行こう」僕はそう毅然として言った。「もう戻ろう。君の健康の方が大事だよ。君は金持ちだし、尊敬されているし、慕われてるし、愛されている。君は以前の私のように幸福だ。君が亡くなると世間が知ったら悲しまれる。それに比べればこの酒樽の件は私にとって何でもないことさ。戻ろうよ。このままここにいたら君は病気になってしまい、そうなると私は責任なんて取れそうにもない。それに、ルクレジーが――」

「そこまでにしろ」と彼は言った。「こんな咳なんて何でもないさ。死ぬわけじゃない。俺が咳なんかで死ぬわけがないじゃないか」

「そう、そうだね」と僕は返答した。「それに私の方だって別に無意味に君を怖がらせようとかいうつもりは勿論ないんだ。でも注意してもし過ぎることはない。このメドックをちょっと口にしてみれば私たちが湿気から守られると思うよ」

そして僕は地面にずらりと並んである瓶から一本取り出して、そのネックを打ち落とした。

「飲んでよ」と僕は彼にワインを差し出した。

彼はいやらしい様子を浮かべながらそれを自分の唇へと運んだ。彼は動作をやめて親切な様子で僕に頷き、その際彼の鈴が鳴った。

「周りに眠り給う死者たちに乾杯」と彼は言った。

「そして君の長寿にも」

そしてまた彼は僕の腕をとって、道を進めた。

「この地下室は随分と広いな」と彼は言った。

「モントレゾール家は名家で家族もたくさんいたからね」と僕は答えた。

「どんな紋章だったっけ」

「蒼色の大地に金色の足をしたでかい人間。その足は暴れている蛇を踏みつけ、蛇の牙が踵に嵌め込んでしまっている図だ」

「そして銘は?」

「Nemo me impune lacessit」【我に仇なす者必ずや報いあり】

「よし!」と彼は言った。

ワインの酔いで彼の目は煌めき、鈴が鳴った。僕もメドックによって頭に熱が帯びてきた。骨が積まれていて大小様々な酒樽が辺りに置いてある壁を通り抜けていって、地下墓所の最も奥まった部分へと入っていった。僕はもう一度足を止めて、そして今度はフォルトゥナートの肩辺りを掴んだ。

「硝石だ！」と僕は言った。「ほら、どんどん増えてきている。天井にまるで苔のようにぶら下がっている。川底の下を今歩いているんだ。湿気による雫が骨の上にゆっくりと落ちていっている。戻ろうよ、手遅れにならないうちにここから出るんだ。君の咳は――」

「何でもないったらないんだ」と彼は言った。「進むぞ。だがその前にもう一杯メドックをくれ」

僕はド・グラーヴの小瓶を割って彼に渡した。彼は一気にそれを飲み干した。彼の目は獰猛な光を放っていた。彼は笑い出して、何やら意図の解せぬ身振りをして瓶を上へと放り投げた。僕は驚きを以て彼を見た。彼はその動作をもう一度行った――グロテスクなその動作を。

「理解できないのかい」と彼は言った。

「できないかな」と僕は答えた。

「じゃあ君は会員じゃないな」

「なんのこと？」

「フリーメイソンの会員じゃないというわけさ」

「いや、いや、会員だよ、入っているとも」と僕は言った。

「お前が？そんな訳あるか！フリーメイソンの会員？」

「フリーメイソンの会員だよ」と僕は答えた。

「証拠を見せろ」と彼は言った。

「これだよ」そう答えて僕は外套のひだの下から鏝を取り出してみせた。

「馬鹿にしてるのか」と彼は叫んで、二、三歩後ろに下がった。「だがともかくアモンティラードの方へと進もう」

「そうしよう」と僕は言って、鏝を外套の下の方へと隠した。そして彼にまた腕を差し伸べた。彼はぐったりとそれにもたれかかってきた。僕達はアモンティラードへと向かってまた歩き始めた。二人は一連の低いアーチをくぐり、降っていき、前進し、また降っていった。そして深くにある地下室へと辿り着いた。そこは空気が濁っており、持っていた松明は燃えていたというより光を放っている状態にあった。

その地下室の最も奥の部分に、やや狭い地下室が見えてきた。その壁は、パリの巨大な地下墓所に倣って、人骨が天井にまで積み上げられていた。今人骨が積み上げられているのは四方の壁のうち三つで、最後の一つでは人骨が崩されていて乱雑に地面に散らばっていた。ただ一箇所にやや大きめな骨塚を形成していた。骨が崩されて露出していたその壁のさらにその奥側において、奥行き四フィート、幅三フィート、高さ六か七フィートの凹所があった。その箇所は別に何かしらの特定の用途のために造られたというのではなく、この地下墓所の屋根を支えるための二本の巨大な柱の間にたまたまできたものに過ぎないらしく、その場所を囲む壁の一つには花崗岩も兼ねられていた。

　フォルトゥナートは火が弱まった松明を掲げながら、その凹所の奥を覗こうとしたが無駄に終わった。松明の弱い光ではその最も奥の部分までは見ることができなかった。

「ああ、入ろう」と僕は言った。「アモンティラードはここにある。ルクレジーについては――」

「あいつは何も分かっていない」と我が友人が落ち着かない足取りで進みながら言葉を挟んだ。僕は彼の後に続いていった。すぐに彼はその奥にまで辿り着き、それ以上は岩によって進めないことに気づくと、呆然として立ち尽くした。すぐに僕は彼を花崗岩に繋ぎ止めた。その壁の表面には二本の鋼鉄製の釘が、互いに二フィートくらいの間隔を作りながら水平についていた。それらの釘のうちの片方には短い鎖が垂れ下がっていて、もう片方には南京錠がかけられていた。その鎖を彼の腰に巻き付けて南京錠をかけるのは、ほんの数秒で終わる作業だった。彼は僕のその営みに抵抗するにはあまりに夢見心地な状態にあった。鍵をしまい込んで、僕はその場から後退った。

「手を壁に当ててみなよ」と僕は言った。「硝石にどうしたって触れてしまう。本当にやばいくらい湿気がある。もう一回お願いするけど、戻ろうよ、ね。いやだって?じゃあ君を置いていくしかないね。でも出来る限り世話をさせてもらうよ」

「アモンティラード!」と私の友人はまだ驚きから覚めずに絶叫した。

「そうだよ」と僕は答えた。「まさしくアモンティラードだ！」僕はこう答えながら先ほど述べた積み重なっている骨の山の間を忙しなく歩き回った。骨をかき分けながら、僕は建築に使う石とモルタルをやがて見つけた。それらと僕が持っていた鏝を駆使して、その凹所の出入り口に壁を作る作業にすぐに取り掛かった。

一段目を積み上げるのが終わるか終わらないうちに、フォルトゥナートの酔いも大分醒めたことに気づいた。そう思うに至った最初の兆候は、凹所の奥からの低い呻き声が聞こえてきたことだった。それは決して酔っぱらった男の立てる声ではない。その後、長くてとても静かな沈黙が続いた。僕は二段目を作り、そして三段目、四段目と積み上げていった。そして鎖が激しい勢いで揺さぶられる音を聞いた。その音は数分間続いたが、その間、もっと満足感を味わえるだろうと思い、僕が取り掛かっていた作業をやめて骨の上に座った。ついに鎖の音が止まると、僕はまた鏝を取り出して、中断することなく五段目、六段目、七段目を完成させていった。その壁は今では僕の胸ほどにまでの高さになっていた。再度僕は手を止めて、壁越しに松明を掲げ、あの男にかすかな光を照らしてやった。

甲高く大きな叫び声が突然鎖に繋がれたそいつの喉から発せられ、それが連続でなるものだから僕は思わず後退りしてしまった。しばし僕は尻込みした。震えたのであった。僕の剣を鞘から抜き、それを使って凹所の様子をよく見てみようかとも思ったが、やはりやめておくことにした。僕は地下墓所の堅固な壁に手を置いて満足感を覚えた。僕はまた壁へと近づき、治ることを知らないあの男の絶叫に応えてやった。僕はそれに反響するように相手の叫び声に自分のも混ぜた。僕の叫び声は相手方の強さと大きさを凌駕していた。僕がそうしていると相手の絶叫は治まっていった。

今では深夜であり、僕の作業はいよいよ終わりになろうとしていた。僕は八段目、九段目、十段目を完成させた。十一段目も部分的には終わり、後は石を一個そこに入れて舗装すればよかった。それが重かったので苦労していた。入れるべき箇所にそれを多少嵌め込めると、向こうの隙間から低い笑い声が聞こえてきて、あまりに薄気味悪くて髪が逆立った。その後には悲し気な声が続き、それがあの高貴なフォルトゥナートのものだとはとても信じられないくらいのものだった。その声は次のように言っていた。

「ハ！ハ！ハ！――へ！へ！――随分とまた面白い冗談だな、素晴らしいおふざけだ。屋敷に戻ったらたっぷりと笑い合えることが出来るじゃないか――へ！へ！へ！――ワインを飲みながら――へ！へ！へ！」

「アモンティラードのワインでね！」と僕は言った。

「へ！へ！へ！――へ！へ！へ！へ！へ！――そうだ、アモンティラードでだ。でも大分遅くなってきてるんじゃないのか？屋敷では皆待っているんじゃないのかね、フォルトゥナート夫人や他の人たちが？さあ、もう帰ろう」

「そうだね、帰ろうか」と僕は言った。

「一生のお願いだからね、モントレゾール君！」

「そうだね、一生のお願いだから聞かないとね」

だが僕のこの言葉には返事がなかった。僕は落ち着かなくなって叫び声を上げた——。

「フォルトゥナート！」

返事はなかった。また呼びかけた——。

「フォルトゥナート！」

やはり返事はなかった。僕は残っていた隙間に松明を突っ込み、それを中に落とした。それに対して返ってきたのは鈴の音だけだった。胸の気分が悪くなってきた——地下墓所の湿気のせいで。作業を終わらせるのを急いだ。最後の石を然るべき場所へと押し込み、そして舗装した。そしてその新たな壁の前に骨を積み上げて、以前のような壁を作った。半世紀もの間、それに手をつけた者は誰もいない。In pace requiescat【安らかに眠るがよい】！

マルテと彼女の時計

テオドール・シュトルム（Theodor Storm）

Marthe und ihre Uhr

学生時代の最後の年に、私は街の小さな家に住んでいた。そこには以前はお父さんとお母さんと多数の姉妹たちが住んでいたけれど、今では年を取った未婚の娘マルテだけが住んでいた。両親と二人の兄弟は死んでしまったし、姉妹たちの方は同じ街の医者と結婚した一番下の妹を除けば、みんな夫たちについていって遠くへと行ってしまった。そういったわけでマルテは一人両親の家から移ることなく、以前住んでいた居間は他の人に貸して、僅かな家賃収入によってどうにか生計を立てることができていた。彼女は日曜の昼食にだけ食卓に敷物をかけることしかできなかったけれど、ほとんど気にしなかった。というのも外への欲求がほとんどなかったからである。彼女のお父さんの自分の主義によって、そして市民的な朴訥な生活を考慮したことによって、子供たち全員に与えた厳格で節制的な教育の結果なのであった。

しかしマルテはといえば小さい頃から普通の学校教育しか受けていなかった。でもその後の人生で孤独な時間で考えたりして過ごして、それに理解力はよかったし性格的にも厳しいくらい道徳的だったこともあったから、私が彼女と初めて出会った時は女性の方として、特に市民の女性として、信じられないくらいの教養を持っていた。彼女はたくさんの本を丁寧に読んできて、歴史や詩についての本を読むことが大好きだった。もちろん文法的にはいつも正しいということではなかったけれど、その代わり読んだ本についてのほとんどは正しい判断を下せたし、善悪の区別を自分一人の力で行えるという滅多にない能力を持っていた。当時発売されていたメーリケの『画家ノルテン』に夢中になって、その本を何回も何回も読んだ。始めて読んだ時は最初から最後まで読んで、それからは自分が好きだった部分を開いて読んでいった。詩人が書いた人物たちは彼女の目には自力で動く生きた存在として映っていて、そういった人物たちは作品の詩的な働きに操られてはいないものと看做していた。そして彼女は、あんなにたくさんの大好きな人物たちが襲いかかってくる不幸から守ることができるだろうと、何時間もずっと考え込むこともあった。

孤独なマルテにとっては退屈は辛いものではなかったけれども、時々自分の生活に虚無感みたいな感情が湧いてきて、外へと向かっていった。彼女には、働いてやったり世話をしてやったりできる誰かが必要だった。仲の良かった人もいなかったので、その誉めるべき衝動は、部屋の間借人にとってとはとても好都合だった。私も、彼女からたくさんの好意と配慮をしてもらった。花がとても好きで、特に白くて素朴なものを最も好んでいたが、それが多くを望まない諦めの心情を表していると私には思えた。妹の子供たちが庭から一番素晴らしいユキノハナやスノーフレークを持ってきてくれると、それはいつも彼女にとっての一番素晴らしい祝祭日であった。そういう時、小さな陶器の花瓶が棚から取り出され、丁寧な手入れの下小さな部屋に何週間も飾られるのであった。

マルテは両親が死んでからは、人と会うことは少なく、特に長い冬の夜はほとんどいつも一人で過ごしたから、彼女の活発で形成されていく独特の空想が、周りにある事物に生命と意識を与えるのであった。自分の魂の一部分を部屋にある古い家具に与え、そして古い家具は彼女と楽しく会話するだけの力を得たのである。もちろん大抵の場合はこの会話は言葉はなかったけれど、その分一層親しいものであったし、誤解もなかった。彼女の糸車と褐色の木彫りの肘掛け椅子は随分と変わったもので、時々誰にも真似できないような気まぐれ心を起こすこともあった。特に死んだ父親が五十年以上前にアムステルダムの蚤市場で買ってきた当時でも古めかしかった古い置き時計が特にそうだった。確かにそれは変わった時計に見えた。金属の薄板から彫り上げて、色が塗ってある二人の人魚が黄色くなった文字盤の両側に、それぞれが髪を長く垂らしている顔を傾けていて、昔は金色に塗られていただろう鱗の生えたその体で、その文字盤を下にして抱いていた。針はさそりの尻尾を真似たものらしかった。おそらく歯車は長いこと使用されて、擦り切れたのであろう。振り子が鳴らす音は重くて不均等だったし、おもりは一回に数インチ下がることもあった。

この時計がマルテの持っているものの中でも一番親密な会話相手だった。マルテの考えにも入り込んできた。マルテがひとりぼっちな自分にくよくよ悩み始めると、時計の振り子が揺れながらチクタクチクタクチクという音をどんどん強く、どんどん激しく鳴らしていって、マルテが考え込んでいる最中にいつも入り込んできて、静かな気分にさせることはなかった。その音を聞いているとやがて顔を上げてしまうのであった。太陽は窓ガラスの中へととても暖かい光を差し込んできて、窓台からはナデシコがとても甘い香りが漂っていた。外では燕が囀りながら空を横切っていった。彼女はまだ嬉しい気分にならないはずがなかった、彼女を囲む世界はあまりに楽しかったのだから。

でもその時計には時計自体としての意志もあった。それは古くなってしまい、新しい時代についてはあまり気に留めることはなかった。それ故例えば本来なら十二時を打つところを六時として打つこともかなりあったし、別の時にはそのへまを償うかのようにいつまでも打つ音を止めなかったから、マルテは錘を鎖から取り外したこともあった。その中でも最も不思議だったのは、まったく音を打たないこともあった。そういう時は歯車の間でギイギイとした音がなるのだが、ハンマーが打とうとしないのである。そしてそれは大抵の場合深夜に起きるのであった。マルテはそういうことが起きるたびに目を覚ますのであった。そして譬えその時がどれだけ暗い夜でどれだけ吹雪いていたとしても、立ち上がってその困っている古い時計を助けてあげるまでは落ち着かないのであった。それが終わると彼女はまたベッドに入ってどうしてあの時計は自分を起こしたのか、昼間に何かするのを忘れたか、良心的な気持ちで仕事をしたか、と色々なことを考えたのであった。

クリスマスだった。クリスマスイヴに雪がとてもひどく降って私は故郷へと帰ることができなかったため、仲の良かった子供がたくさんいた家庭でその時を過ごした。クリスマスツリーに火は灯され、子供たちはとても喜んだ様子でずっと閉められていたクリスマス部屋へと駆け込んでいった。そして私たちはクリスマス定番の鯉を食べたり、ビショップ酒を飲んだりした。クリスマスで行われるいつものお祝いは何一つ欠かすことがなかった。――翌日の朝、私はマルテのいる部屋にいつものお祝い言葉を言いに入っていくと、彼女は机に肘をついて座っていた。仕事はとっくに終わっているらしかった。

「それで昨日のクリスマスイヴはどうしてたんですか？」と私は訊いた。

彼女は下を見てこう答えた。

「家にいました」

「家に？甥や姪のところではなくて？」

「そうですよ」と彼女は言った。「十年前の昨日にお母さんがこのベッドで死んでしまってから、それ以来クリスマスイヴは外に出ないのです。私の妹が親切にも使いを送ってくれて、暗くなると一回くらいは外に出てみようかとも思いました。でも、古い時計がまたおかしくなってしまったのです。まるで、『ここにいて、ここにいて！外に出て何をするっていうの？君のクリスマスは外にはないのよ！』とずっと言っているみたい」

そして彼女はその小さな部屋にずっといたのだった。その部屋は子供時代の遊び場であり、後に両親たちの目を閉ざしてあげた部屋であり、そしてあの古い時計が今と変わらずずっと音を刻んでいるその部屋に。マルテが時計の言う通りに外に出るのをやめて、祝祭の晴れ着を箪笥に戻した後、時計の刻む音が小さくなっていって、次第にとても小さく鳴り、とうとう全く聞こえなくなった。そうしてマルテは今までの人生での全てのクリスマスイヴの思い出に邪魔されることなく耽ることができるのであった。彼女のお父さんは茶色に彫られた肘掛け椅子に再び座っていた。彼は上等なビロードの帽子と黒い晴れ着を着ていた。いつもは真剣な眼差しなのに、今日はとても好意的だ。というのも今日はクリスマスイヴであり、ずっと、ずっと前の――クリスマスイヴだったのだ！机の上のクリスマスツリーには火が灯されてはいないけれど（そんなことができるのは裕福な人々だけだったから）、その代わり二本の大きくて太い蝋燭が飾られた。だからその小さな部屋はとても明るくて、暗い廊下から子供たちがその部屋に入っていくと、眩しくて手を両目に当てなければならなかった。そして子供たちは机の所に行くが、一家の流儀に従うように慌てずに大きな喜びの声も出さなかった。そして幼いイエスの贈り物にじっと目を向けたのであった。それはもちろん高価な玩具ではなかったけれど、かといって安物というわけでもなく、とても実用的で欠かせない物だった。衣服、靴、計算用の石板、聖歌集等々であった。高価ではないけれど、それでも子供たちは石板や新しい聖歌集がもらえて幸せだった。そして順番にお父さんの方へと近づいてその手にキスをした。お父さんの方はその間肘掛け椅子に座ったまま満足して笑っている。お母さんは頭にぴったり合った布を被りながら親切で柔和な顔をして、彼等に新しいエプロンを結んであげたり、プレゼントされた新しい石版に真似て書かせるように数字や文字を書いたりした。とはいえお母さんの方にはそこまで時間がない。彼女はキッチンへと行ってアップルパイを焼かないといけないから。それはクリスマスイヴでの子供たちへの大きな贈り物だった。そういったわけで焼かないわけにはいかなかった。お父さんの方は新しい聖歌集を開いて、澄んだ声で歌い始めた。「喜び讃えよ、主を」。そしてメロディーを知っている子供たちは、一緒に歌い始めた。「救世主は来れり」。

そして彼らは皆、お父さんの座っている肘掛け椅子を囲みながら、歌の終わりまで歌った。歌の途中で休止がある時に、キッチンにいるお母さんが仕事をして、アップルパイをパチパチと焼いたりする音が聞こえてくるだけであった……

チクタクチクタク。また音が鳴った。チクタクチクタク。どんどんその音は強く耳につんざくようであった。マルテは突然立ち上がった。辺りはもうほとんど暗闇の状態で、外の雪の上にはただ月のどんよりしたような光が差し込んでいるだけだった。時計の振り子の音を除いて、家は死んだように静かだった。小さな部屋で歌う子供たちもいないし、キッチンでパチパチと音を立てる火もなかった。彼女はただ一人、たった独り残されたのだった。他の皆はいなくなった。だがあの古い時計は今何をしようというのだろう？そうだ、今十一時を打った――そしてまた別の時のクリスマスイヴの思い出がマルテの頭に浮かんできた。ああれとは全く別の、ずっとずっと後のクリスマスイヴが。お父さんと兄弟たちはすでに亡くなっていて、姉妹たちはもう結婚していた。マルテと二人っきりで残されていた彼女のお母さんは、ずっと前から元々はお父さんが座っていた茶色の腰掛け椅子に座っていて、娘に家のささやかな家計を任せっきりにしていた。というのも彼女はお父さんが亡くなってから病気がちで、その優しかった表情はどんどん青ざめ、柔らかい眼差しもだんだん輝きをなくしていったから。そしてとうとう昼間でもベッドから出られなくなった。そうなってからクリスマスイヴの今まですでに三週間経過している。マルテはお母さんのベッドのそばに座っていて、うとうと眠っているお母さんの息に耳を傾けていた。部屋は死んだように静かで、ただ時計がチクタクと鳴っているだけであった。十一時の音が鳴ると、お母さんは目を開けて飲み物が欲しいといった。

「マルテ」と彼女は言った。「また春になって私が元気になったら、お前の妹のハンネのところに行こうね。ハンネの子供をちょうど夢の中で見ていたところさ。ここだとお前は少しも楽しくないだろう」

お母さんは、姉妹のハンネの子供が秋の遅い頃に亡くなったことをすっかり忘れていた。マルテはそのことをお母さんにあえて思い出させなかった。ただマルテは無言のまま頷いて、お母さんの痩せてしまった手を握っただけであった。

時計が十一時を打った。――しかし今十一時を打ったけれども、とてもかすかで、まるでとてもとても遠くからのように――。

その時はマルテは深いため息を聞いた。そしてお母さんがまた眠るんだな、と思った。それでそのまま音を立てることも動くこともなく座りっぱなしでいて、お母さんの手をずっと握ったままでいた。そしてついにはマルテもうとうと微睡んだような状態になった。こうして一時間過ぎただろうか。時計がまた音を打った。十二時！――蝋燭はもう燃え尽きていて、月の光が明るく窓から差し込んでいた。ベッドからお母さんの青白い顔が見えてきた。マルテは彼女の冷たい手を自分のとしっかりと握ったのであった。彼女はその冷たい手を決して離そうとせず、死んだお母さんのそばで夜の間ずっと座っていた――。

こうして彼女は今同じ部屋で思い出に耽って座っていて、あの古い時計は時には大きく時にはそっと、チクタク音を鳴らすのであった。その時計は何もかも知っていた。その時計は何もかも居合わせていた。その時計はマルテに何もかも思い出させた、彼女の苦しみも、彼女のちょっとした喜びも――。

マルテの独りぼっちの部屋は今もあんなに賑やかなのだろうか？私には分からない。彼女の家を借りて住んでからもう多くの年月が経過しているし、それにあの小さな街は私の故郷からは遠くにあるのだから。人生が好きな人があえて言わないことを、マルテは大きな声ではっきりとよく言ったものだ。

「私は今まで病気になったことなんてない。私はとても長生きするでしょうね」

彼女がこう思っているのは正しくて、今こうして書いている紙がもし彼女の部屋に入って見つけてくれることがあるのなら、読んで私のことを思い出してほしいと思う。あの古い時計がその助けとなるでしょう。あの時計に知らないことなんてないのだから。

倫敦塔

夏目漱石

二年の留学中ただ一度倫敦塔《ロンドンとう》を見物した事がある。その後再《ご》び行こうと思った日もあるがやめにした。人から誘われた事もあるが断った。一度で得た記憶を二返目に打壊すのは惜しい、三目《みたび》に拭去るのはもっとも残念だ。「塔」の見物は一度に限ると思う。

行ったのは着後間もないうちの事である。その頃は方角もよく分らんし、地理などは固《もと》より知らん。まるで御殿場の兎《うさぎ》が急に日本橋の真中《まんなか》へ抛出《ほうり》されたような心持ちであった。表へ出れば人の波にさらわれるかと思い、家《うち》に帰れば汽車が自分の部屋に衝突しはせぬかと疑い、朝夕安き心はなかった。この響き、この群集の中に二年住んでいたら吾《わが》神経の繊維もついには鍋の中の麩海苔《ふのり》のごとくべとべとになるだろうとマクス・ノルダウの退化論を今さらのごとく大真理と思う折さえあった。

しかも余は他の日本人のごとく紹介状を持って世話になりに行く宛もなく、また在留の旧知とては無論ない身の上であるから、恐々《こわごわ》ながら一枚の地図を案内として毎日見物のためもしくは用達しのため出あるかねばならなかった。無論汽車へは乗らない、馬車へも乗れない、滅多な交通機関を利用しようとすると、どこへ連れて行かれるか分らない。この広い倫敦を蜘蛛手で十字に往来する汽車も馬車も電気鉄道も鋼条鉄道も余には何らの便宜をも与える事が出来なかった。余はやむを得ないから四ツ角へ出るたびに地図を披《ひら》いて通行人に押し返されながら足の向く方角を定める。地図で知れぬ時は人に聞く、人に聞いて知れぬ時は巡査を探す、巡査でゆかぬ時はまたほかの人に尋ねる、何人でも合点の行く人に出逢うまでは捕えては聞き呼び掛けては聞く。かくしてようやくわが指定の地に至るのである。

「塔」を見物したのはあたかもこの方法に依らねば外出の出来ぬ時代の事と思う。来るに来《らい》所《しょ》なく去るに去所《きょしょ》を知らずと云《い》うと禅語めくが、余はどの路を通って「塔」に着したかまたいかなる町を横ぎって吾家《わがや》に帰ったかいまだに判然しない。どう考えても思い出せぬ。ただ「塔」を見物しただけはたしかである。「塔」その物の光景は今でもありありと眼に浮べる事が出来る。前はと問われると困る、後はと尋ねられても返答し得ぬ。ただ前を忘れ後を失ったる中間が会釈もなく明るい。あたかも闇を裂く稲妻の眉に落つると見えて消えたる心地がする。倫敦塔は宿世《すくせ》の夢の焼点のようだ。

倫敦塔の歴史は英国の歴史を煎じ詰めたものである。過去と言う怪しき物を蔽える戸帳《とばり》が自ずと裂けて龕中の幽光を二十世紀の上に反射するものは倫敦塔である。すべてを葬る時の流れが逆に戻って古代の一片が現代に漂よい来れりとも見るべきは倫敦塔である。人の血、人の肉、人の罪が結晶して馬、車、汽車の中に取り残されたるは倫敦塔である。

この倫敦塔を塔橋の上からテームス河を隔てて眼の前に望んだとき、余は今の人かはた古の人かと思うまで我を忘れて余念もなく眺め入った。冬の初めとはいいながら物静かな日である。空は灰汁桶を掻き交ぜたような色をして低く塔の上に垂れ懸っている。壁土を溶かし込んだよううに見ゆるテームスの流れは波も立てず音もせず無理矢理に動いているかと思わるる。帆懸舟《ほかけぶね》が一隻《せき》塔の下を行く。風なき河に帆をあやつるのだから不規則な三角形の白き翼がいつまでも同じ所に停とまっているようである。伝馬《てんま》の大きいのが二艘上がって来る。ただ一人の船頭が艫とともに立って艪《ろ》を漕ぐ、これもほとんど動かない。塔橋の欄干のあたりには白き影がちらちらする、大方鴎であろう。見渡したところすべての物が静かである。物憂《ものうげ》に見える、眠っている、皆過去の感じである。そうしてその中に冷然と二十世紀を軽蔑するように立っているのが倫敦塔である。汽車も走れ、電車も走れ、いやしくも歴史の有らん限りは我のみはかくてあるべしと云わぬばかりに立っている。その偉大なるには今さらのように驚かれた。この建築を俗に塔と称《とな》えているが塔と云うは単に名前のみで実は幾多の櫓《やぐら》から成り立つ大きな地城《じしろ》である。並び聳ゆる櫓には丸きもの角張《かくばり》たるもののいろいろの形状はあるが、いずれも陰気な灰色をして前世紀の記念を永劫に言えんと誓えるごとく見える。九段の遊就館を石で造って二三十並べてそうしてそれを虫眼鏡で覗いたらあるいはこの「塔」に似たものは出来上りはしまいかと考えた。余はまだ眺めている。セピヤ色の水分をもって飽和したる空気の中にぼんやり立って眺めている。二十世紀の倫敦がわが心の内から次第に消え去ると同時に眼前の塔影が幻のごとき過去の歴史を我が脳裏に描がき出して来る。朝起きて啜る渋茶に立つ煙りの寝足らぬ夢の尾を曳くように感ぜらるる。しばらくすると向う岸から長い手を出して余を引張るかと怪しまれて来た。今まで佇立して身動きもしなかった余は急に川を渡って塔に行きたくなった。長い手はなおなお強く余を引く。余はたちまち歩を移して塔橋を渡り懸けた。長い手はぐいぐい牽く。塔橋を渡ってからは一目散に塔門まで馳せ着けた。見る間に三万坪に余る過去の一大磁石は現世

に浮游するこの小鉄屑を吸収しおわった。門を入はいって振り返ったとき、

憂いの国に行かんとするものはこの門を潜ぐれ。
永劫の呵責に遭わんとするものはこの門をくぐれ。
迷惑の人と伍せんとするものはこの門をくぐれ。
正義は高き主を動かし、神威は、最上智は、最初愛は、われを作る。
我が前に物なしただ無窮あり我は無窮に忍ぶものなり。
この門を過ぎんとするものはいっさいの望みを捨てよ。

という句がどこぞで刻んではないかと思った。余はこの時すでに常態を失しなっている。
空から濠《ほり》にかけてある石橋を渡って行くと向うに一つの塔がある。これはの石造《せきぞう》で石油タンクの状をなしてあたかも巨人の門柱のごとく左右に屹立《きつりつ》している。その中間を連ねている建物の下を潜くぐって向こうへ抜ける。中塔とはこの事である。少し行くと左手に鐘塔《しゅとう》が峙《そば》だつ。真鉄《まがね》の盾、黒鉄《くろがね》の甲《かぶと》が野を蔽《おお》う秋の陽炎《かげろう》のごとく見えて敵遠くより寄すると知れば塔上の鐘を鳴らす。星黒き夜、壁上《へきじょう》を歩む哨兵《しょうへい》の隙《すき》を見て、逃れ出ずる囚人の、逆《さかしま》に落す松明の影より闇

に消ゆるときも塔上の鐘を鳴らす。心傲れる市民の、君の政《まつりごと》非なりとて蟻のごとく塔下に押し寄せて犇めき騒ぐときもまた塔上の鐘を鳴らす。塔上の鐘は事あれば必ず鳴らす。ある時は無二に鳴らし、ある時は無三に鳴らす。祖《そ》来たる時は祖を殺しても鳴らし、仏ぶつ来たる時は仏を殺しても鳴らした。霜《しも》の朝《あした》、雪の夕《ゆうべ》、雨の日、風の夜を何べんとなく鳴らした鐘は今いずこへ行ったものやら、余が頭《こうべ》をあげて蔦に古《ふ》りたる櫓を見上げたときは寂然としてすでに百年の響を収めている。

また少し行くと右手に逆賊門がある。門の上には聖《セント》タマス塔が聳ている。逆賊門とは名前からがすでに恐ろしい。古来から塔中に生きながら葬られたる幾千の罪人は皆舟からこの門まで護送されたのである。彼らが舟を捨ててひとたびこの門を通過するやいなや娑婆の太陽は再び彼らを照らさなかった。テームスは彼らにとっての三途の川でこの門は冥府《よみ》に通ずる入口であった。彼らは涙の浪《なみ》に揺られてこの洞窟のごとく薄暗きアーチの下まで漕こぎつけられる。口を開あけて鰯《いわし》を吸う鯨の待ち構えている所まで来るやいなやキーと軋る音と共に厚樫の扉は彼らと浮世の光りとを長《とこしえ》に隔てる。彼らはかくしてついに宿命の鬼の餌食となる。明日《あす》食われるか明後日食われるかあるいはまた十年の後に食われるか鬼よりほかに知るものはない。この門に横付けにつく舟の中に坐している罪人の途中の心はどんなであったろう。櫂がしわる時、雫が舟縁《ふなべり》に滴る時、漕ぐ人の手の動く時ごとに吾が命を刻まるるように思ったであろう。白き髯を胸まで垂れて寛やかに黒の法衣を纏える纏人がよろめきながら舟から上る。これは大クランマー僧正である。青き頭巾を眉深に被ぶり空色の絹の下に鎖帷子をつけた立派な男はワイアットであろう。これは会釈もなく舷べりから飛び上あがる。はなやかな鳥の毛を帽に挿して黄金《こがね》作りの太刀《たち》の柄に左の手を懸け、銀の留め金にて飾れる靴の爪先を、軽かろげに石段の上に移すのはローリーか。余は暗きアーチの下を覗いて、向う側には石段を洗う波の光の見えはせぬかと首を延ばした。水はない。逆賊門とテームス河とは堤防工事の竣功《しゅんこう》以来全く縁がなくなった。幾多の罪人を呑み、幾多の護送船を吐き出した逆賊門は昔の名残にその裾《すそ》を洗う笹波《ささなみ》の音を聞く便《たより》を失った。ただ向う側に存する血塔の壁上に大いなる鉄環が下さがっているのみだ。昔しは舟の纜《ともづな》をこの環《かん》に繋いだという。

左へ折れて血塔の門に入る。今は昔し薔薇《しょうび》の乱に目に余る多くの人を幽閉したのはこの塔である。草のごとく人を薙《な》ぎ、鶏《にわとり》のごとく人を潰し、乾鮭《からさけ》のごとく屍を積んだのはこの塔である。血塔と名をつけたのも無理はない。アーチの下に交番のような箱があって、その側《かたわら》に甲形《かぶとがた》の帽子をつけた兵隊が銃を突いて立っている。すこぶる真面目な顔をしているが、早く当番を済まして、例の酒舗で一杯傾けて、一件にからかって遊びたいという人相である。塔の壁は不規則な石を畳み上げて厚く造ってあるから表面は決して滑らかではない。所々に蔦がからんでいる。高い所に窓が見える。建物の大きいせいか下から見るとはなはだ小さい。鉄の格子がはまっているようだ。番兵が石像のごとく突立ちながら腹の中で情婦とふざけている傍《かたわら》に、余は眉を攢《あつ》め手をかざしてこの高窓を見上げて佇む。格子を洩れて古代の色硝子に微かなる日影がさし込んできらきらと反射する。やがて煙のごとき幕が開いて空想の舞台がありありと見える。窓の内側は厚き戸帳が垂れて昼もほの暗い。窓に対する壁は漆喰も塗らぬ丸裸の石で隣りの室とは世界滅却の日に至るまで動かぬ仕切りが設けられている。ただその真中《まんなか》の六畳ばかりの場所は冴えぬ色のタペストリで蔽われている。地《じ》は納戸《なんど》色いろ、模様は薄き黄《き》で、裸体の女神の像と、像の周囲に一面に染め抜いた唐草である。石壁の横には、大きな寝台《ねだい》が横たわる。厚樫の心《しん》も透とおれと深く刻みつけたる葡萄と、葡萄の蔓と葡萄の葉が手足の触るる場所だけ光りを射返す。この寝台の端に二人の小児が見えて来た。一人は十三四、一人は十歳《とお》くらいと思われる。幼なき方は床に腰をかけて、寝台の柱に半ば身を倚たせ、力なき両足をぶらりと下げている。右の肱を、傾けたる顔と共に前に出して年嵩《としかさ》なる人の肩に懸ける。年上なるは幼なき人の膝の上に金にて飾れる大きな書物を開ひろげて、そのあけてある頁《ページ》の上に右の手を置く。象牙を揉んで柔かにしたるごとく美しい手である。二人とも烏の翼を欺くほどの黒き上衣を着ているが色が極めて白いので一段と目立つ。髪の色、眼の色、さては眉根鼻付から衣装の末に至るまで両人《ふたり》共ほとんど同じように見えるのは兄弟だからであろう。

兄が優しく清らかな声で膝の上なる書物を読む。

「我が眼の前に、わが死ぬべき折の様を想い見る人こそあれ。日毎夜毎に死なんと願え。やがては神の前に行くなる吾の何を恐るる……」

弟は世に憐れなる声にて「アーメン」と云う。折から遠くより吹くしの高き塔を撼がして一度《ひとたび》は壁も落つるばかりにゴーと鳴る。弟はひたと身を寄せて兄の肩に顔をすりつける。雪のごとく白い蒲団の一部がほかと膨れ返かえる。兄はまた読み初める。

「朝ならば夜の前に死ぬと思え。夜ならば翌日ありと頼むな。覚悟をこそ尊べ。見苦しき死に様ぞ恥の極みなる……」

弟また「アーメン」と云う。その声はえている。兄は静かに書をふせて、かの小さき窓の方《かた》へ歩みよりて外面《とのも》を見ようとする。窓が高くて背が足りぬ。床几《しょうぎ》を持って来てその上につまだつ。百里をつつむ黒霧《こくむ》の奥にぼんやりと冬の日が写る。屠れる犬の生血にて染め抜いたようである。兄は「今日もまたこうして暮れるのか」と弟を顧りみる。弟はただ「寒い」と答える。「命さえ助けてくるるなら伯父様に王の位を進ぜるものを」と兄が独り言のようにつぶやく。弟は「母様に逢いたい」とのみ云う。この時向うに掛っているタペストリに織り出してある女神の裸体像が風もないのに二三度ふわりふわりと動く。

忽然舞台が廻る。見ると塔門の前に一人の女が黒い喪服を着て悄然として立っている。面影は青白く窶れてはいるが、どことなく品格のよい気高い婦人である。やがて錠のきしる音がしてぎいと扉が開くと内から一人の男が出て来て恭しく婦人の前に礼をする。

「逢う事を許されてか」と女が問う。

「否」と気の毒そうに男が答える。「逢わせまつらんと思えど、公けの掟なればぜひなしと諦めたまえ。私の情なさけ売るは安き間の事にてあれど」と急に口を緘《つぐ》みてあたりを見渡す。濠の内からかいつぶりがひょいと浮き上る。

女はに懸けたる金の鎖りを解いて男に与えて「ただ束の間を垣間見んとの願なり。女人《にょにん》の頼み引き受けぬ君はつれなし」と云う。

男は鎖りを指の先に巻きつけて思案の体ていである。かいつぶりはふいと沈む。ややありていう「牢守りは牢の掟を破りがたし。御子らは変る事なく、すこやかに月日を過させたもう。心安く覚おぼして帰りたまえ」と金の鎖りを押戻す。女は身動きもせぬ。鎖ばかりは敷石の上に落ちて鏘然《そうぜん》と鳴る。

「いかにしても逢う事は叶かなわずや」と女が尋たずねる。

「御気の毒なれど」と牢守りが云い放つ。

「黒き塔の影、堅き塔の壁、寒き塔の人」と云いながら女はさめざめと泣く。

舞台がまた変る。

丈《たけ》の高い黒装束の影が一つ中庭の隅にあらわれる。苔寒き石壁の中《うち》からスーと抜け出たように思われた。夜と霧との境に立って朦朧とあたりを見廻す。しばらくすると同じ黒装束の影がまた一つ陰の底から湧いて出る。櫓の角に高くかかる星影を仰いで「日は暮れた」と背の高いのが云う。「昼の世界に顔は出せぬ」と一人が答える。「人殺しも多くしたが今日ほど寝ざ覚めの悪い事はまたとあるまい」と高き影が低い方を向く。「タペストリの裏で二人の話しを立ち聞きした時は、いっその事止めて帰ろうかと思うた」と低いのが正直に云う。「絞《し》める時、花のような唇《くちびる》がぴりぴりと顫《ふる》うた」。「透き通るような額《ひたい》に紫色の筋が出た」。「あの唸うなった声がまだ耳に付いている」。黒い影が再び黒い夜の中に吸い込まれる時櫓の上で時計の音がかんと鳴る。

空想は時計の音と共に破れる。石像のごとく立っていた番兵は銃を肩にしてコトリコトリと敷石の上を歩いている。あるきながら一件《いっけん》と手を組んで散歩する時を夢みている。

血塔の下を抜けて向こうへ出ると奇麗な広場がある。その真中《まんなか》が少し高い。その高い所に白塔がある。白塔は塔中のもっとも古きもので昔の天主である。竪二十間、横十八間、高さ十五間、壁の厚さ一丈五尺、四方に角楼《すみやぐら》が聳えて所々にはノーマン時代の銃眼さえ見える。千三百九十九年国民が三十三カ条の非を挙げてリチャード二世に譲位をせまったのはこの塔中である。僧侶、貴族、武士、法士の前に立って彼が天下に向って譲位を宣告したのはこの塔中である。その時譲りを受けたるヘンリーは起って十字を額と胸に画して云う「父と子と聖霊の名によって、我れヘンリーはこの大英国の王冠と御代とを、わが正しき血、恵みある神、親愛なる友の援けを藉《か》りて襲ぎ受く」と。さて先王の運命は何人も知る者がなかった。その死骸がポント・フラクト城より移されて聖《セント》ポール寺に着した時、二万の群集は彼の屍を繞《めぐ》ってその骨立《こつりつ》せる面影に驚かされた。あるいは云う、八人の刺客《せっかく》がリチャードを取り巻いた時彼は一人の手より斧を奪いて一人を斬り二人を倒した。されどもエクストンが背後より下せる一撃のためについに恨みを呑んで死なれたと。ある者は天を仰いで云う「あらずあらず。リチャードは断食をして自らと、命の根をたたれたのじゃ」と。いずれにしてもありがたくない。帝王の歴史は悲惨の歴史である。

階下の一室は昔オルター・ロリーが幽囚の際万国史の草を記した所だと云い伝えられている。彼がエリザ式の半ズボンに絹の靴下を膝頭で結んだ右足を左の上へ乗せて鵞がペンの先を紙の上へ突いたまま首を少し傾けて考えているところを想像して見た。しかしその部屋は見る事が出来なかった。

南側から入って螺旋状の階段を上のぼるとここに有名な武器陳列場がある。時々手を入れるものと見えて皆ぴかぴか光っている。日本におったとき歴史や小説で御目にかかるだけでいっこう要領を得なかったものが一々明瞭になるのははなはだ嬉しい。しかし嬉しいのは一時の事で今ではまるで忘れてしまったからやはり同じ事だ。ただなお記憶に残っているのが甲冑である。その中でも実に立派だと思ったのはたしかヘンリー六世の着用したものと覚えている。全体が鋼鉄製で所々に象嵌がある。もっとも驚くのはその偉大な事である。かかる甲冑を着けたものは少なくとも身の丈《たけ》七尺くらいの大男でなくてはならぬ。余が感服してこの甲冑を眺めているとコトリコトリと足音がして余の傍へ歩いて来るものがある。振り向いて見るとビーフ・イーターである。ビーフ・イーターと云うと始終牛でも食っている人のように思われるがそんなものではない。彼は倫敦塔の番人である。シルクハットを潰《つぶ》したような帽子を被って美術学校の生徒のような服を纏うている。太い袖の先を括って腰のところを帯でしめている。服にも模様がある。模様は蝦夷人の着る半纏についているようなすこぶる単純の直線を並べて角形に組み合わしたものに過ぎぬ。彼は時として槍をさえ携える事がある。穂の短かい柄の先《さき》に毛の下がった三国志にでも出そうな槍をもつ。そのビーフ・イーターの一人が余の後《うしろ》に止まった。彼はあまり背の高くない、肥り肉の白髯《じし》の多いビーフ・イーターであった。「あなたは日本人ではありませんか」と微笑しながら尋ねる。余は現今の英国人と話をしている気がしない。彼が三四百年の昔からちょっと顔を出したかまたは余が急に三四百年の古《いにしえ》を覗いたような感じがする。余は黙《もく》して軽《かろ》くうなずく。こちらへ来たまえと云うから尾《つ》いて行く。彼は指をもって日本製の古き具足を指して、見たかと云わぬばかりの眼つきをする。余はまただまってうなずく。これは蒙古よりチャーレス二世に献上になったものだとビーフ・イーターが説明をしてくれる。余は三たびうなずく。

白塔を出てボーシャン塔に行く。途中に分捕りの大砲が並べてある。その前の所が少しばかり鉄柵に囲い込んで、鎖の一部に札が下がっている。見ると仕置場の跡とある。二年も三年も長いのは十年も日の通わぬ地下の暗室に押し込められたものが、ある日突然地上に引き出さるるかと思うと地下よりもなお恐しきこの場所へただ据えらるるためであった。久しぶりに青天を見て、やれ嬉しやと思うまもなく、目がくらんで物の色さえ定かには眸中《ぼうちゅう》に写らぬ先に、白き斧の刃がひらりと三尺の空を切る。流れる血は生きているうちからすでに冷めたかったであろう。烏が一疋《いっぴき》下りている。翼をすくめて黒い嘴をとがらせて人を見る。百年碧血《へきけつ》の恨みが凝って化鳥《けちょう》の姿となって長くこの不吉な地を守るような心地がする。吹く風に楡《にれ》の木がざわざわと動く。見ると枝の上にも烏がいる。しばらくするとまた一羽飛んでくる。どこから来たか分らぬ。傍に七つばかりの男の子を連れた若い女が立って烏を眺めている。希臘風の鼻と、珠を溶いたようにうるわしい目と、真白な頸筋を形づくる曲線のうねりとが少からず余の心を動かした。小供は女を見上げて「鴉《からす》が、鴉が」と珍らしそうに云う。それから「鴉が寒さむそうだから、麵麭《パン》をやりたい」とねだる。女は静かに「あの鴉は何にもたべたがっていやしません」と云う。小供は「なぜ」と聞く。女は長い睫《まつげ》の奥に漾《ただ》ようているような眼で鴉を見詰めながら「あの鴉は五羽います」といったぎり小供の問には答えない。何か独りで考えているかと思わるるくらい澄ましている。余はこの女とこの鴉の間に何か不思議の因縁でもありはせぬかと疑った。彼は鴉の気分をわが事のごとくに云い、三羽しか見えぬ鴉を五羽いると断言する。あやしき女を見捨てて余は独りボーシャン塔に入《い》る。

倫敦塔の歴史はボーシャン塔の歴史であって、ボーシャン塔の歴史は悲酸の歴史である。十四世紀の後半にエドワード三世の建立にかかるこの三層塔の一階室に入《い》るものはその入るの瞬間において、百代の遺恨を結晶したる無数の紀念を周囲の壁上に認むるであろう。すべての怨み、すべての憤り、すべての憂いと悲しみとはこの怨、この憤、この憂と悲の極端より生ずる慰藉と共に九十一種の題辞となって今になお観る者の心を寒からしめている。冷やかなる鉄筆に無情の壁を彫ってわが不運と定業《じょうごう》とを天地の間に刻みつけたる人は、過去という底なし穴に葬られて、空しき文字《もんじ》のみいつまでも娑婆の光りを見る。彼らは強いて自らを愚弄するにあらずやと怪しまれる。世に反語というがある。白というて黒を意味し、小と唱えて大を思わしむ。すべての反語のうち自ら知らずして後世に残す反語ほど猛烈なるはまたとあるまい。墓碣《ぼけつ》と云い、紀念碑といい、賞牌《しょうはい》と云い、綬賞《じゅしょう》と云いこれらが存在する限りは、空しき物質に、ありし世を偲ばしむるの具となるに過ぎない。われは去る、われを伝うるものは残ると思うは、去るわれを傷ましむる媒介物の残る意にて、われその者の残る意にあらざるを忘れたる人の言葉と思う。未来の世まで反語を伝えて泡沫の身を嘲ける人のなす事と思う。余は死ぬ時に辞世も作るまい。死んだ後は墓碑も建ててもらうまい。肉は焼き骨は粉にして西風の強く吹く日大空に向って撒き散らしてもらおうなどといらざる取越苦労をする。

　題辞の書体は固《もと》より一様でない。あるものは閑《ひま》に任せて叮嚀な楷書を用い、あるものは心急ぎてか口惜し紛れかがりがりと壁を掻かいて擲《なぐ》り書きに彫りつけてある。またあるものは自家の紋章を刻み込んでその中に古雅《こがな》文字をとどめ、あるいは盾の形を描いてその内部に読み難き句を残している。書体の異なるように言語もまた決して一様でない。英語はもちろんの事、以太利《イタリー》語も羅甸《ラテン》語もある。左り側に「我が望は基督にあり」と刻されたのはパスリユという坊様の句だ。このパスリユは千五百三十七年に首を斬られた。その傍かたわらにJOHAN DECKERと云う署名がある。デッカーとは何者だか分らない。階段をって行くと戸の入口にT. C.というのがある。これも頭文字だけで誰やら見当がつかぬ。それから少し離れて大変綿密なのがある。まず右の端に十字架を描いて心臓を飾りつけ、その脇に骸骨と紋章を彫り込んである。少し行くと盾の中に下のような句をかき入れたのが目につく。「運命は空しく我をして心なき風に訴えしむ。時も摧くだけよ。わが星は悲かれ、われにつれなかれ」。次には「すべての人を尊べ。衆生をいつくしめ。神を恐れよ。王を敬まえ」とある。

こんなものを書く人の心の中うちはどのようであったろうと想像して見る。およそ世の中に何が苦しいと云って所在のないほどの苦しみはない。意識の内容に変化のないほどの苦しみはない。使える身体《からだ》は目に見えぬ縄で縛られて動きのとれぬほどの苦しみはない。生きるという は活動しているという事であるに、生きながらこの活動を抑えらるるのは生という意味を奪われたると同じ事で、その奪われたを自覚するだけが死よりも一層の苦痛である。この壁の周囲をかくまでに塗抹した人々は皆この死よりも辛つらい苦痛を嘗たのである。忍ばるる限り堪らるる限りはこの苦痛と戦った末、いても起たってもたまらなくなった時、始めて釘の折れや鋭どき爪を利用して無事の内に仕事を求め、太平の裏うちに不平を洩らし、平地の上に波瀾を画いたものであろう。彼らが題せる一字一画は、号泣、涕涙、その他すべて自然の許す限りの排悶的手段を尽したる後なお飽く事を知らざる本能の要求に余儀なくせられたる結果であろう。

また想像して見る。生れて来た以上は、生きねばならぬ。あえて死を怖るるとは云わず、ただ生きねばならぬ。生きねばならぬと云うは耶蘇孔子以前の道で、また耶蘇孔子以後の道である。何の理窟も入らぬ、ただ生きたいから生きねばならぬのである。すべての人は生きねばならぬ。この獄に繋がれたる人もまたこの大道に従って生きねばならなかった。同時に彼らは死ぬべき運命を眼前に控えておった。いかにせば生き延びらるるだろうかとは時々刻々彼らの胸裏に起る疑問であった。ひとたびこの室《へや》に入るものは必ず死ぬ。生きて天日を再び見たものは千人に一人しかない。彼らは遅かれ早かれ死なねばならぬ。されど古今に亘る大真理は彼らに誨《おし》えて生きよと云う、飽くまでも生きよと云う。彼らはやむをえず彼らの爪を磨いだ。尖がれる爪の先をもって堅き壁の上に一と書いた。一をかける後も真理は古のごとく生きよと囁やく、飽くまでも生きよと囁く。彼らは剥がれたる爪の癒《い》ゆるを待って再び二とかいた。斧の刃に肉飛び骨摧くだける明日《あす》を予期した彼らは冷やかなる壁の上にただ一となり二となり線となり字となって生きんと願った。壁の上に残る横縦の疵《きず》は生を欲する執着《しゅうじゃく》の魂魄である。余が想像の糸をここまでたぐって来た時、室内の冷気が一度に背の毛穴から身の内に吹き込むような感じがして覚えずぞっとした。そう思って見ると何だか壁が湿しめっぽい。指先で撫でて見るとぬらりと露にすべる。指先を見ると真赤だ。壁の隅からぽたりぽたりと露の珠が垂れる。床の上を見るとその滴りの痕が鮮やかな紅の紋を不規則に連ねる。十六世紀の血がにじみ出したと思う。壁の奥の方から唸り声さえ聞える。唸り声がだんだんと近くなるとそれが夜を洩るる凄すごい歌と変化する。ここは地面の下に通ずる穴倉でその内には人が二人いる。鬼の国から吹き上げる風が石の壁の破れ目を通ってささやかなカンテラを煽るからただささえ暗い部屋の天井も四隅も煤色の油煙で渦巻いて動いているように見える。幽かに聞えた歌の音は窖中にいる一人の声に相違ない。歌の主は腕を高くまくって、大きな斧を轆轤の砥石にかけて一生懸命に磨いでいる。その傍には一挺の斧が投げ出してあるが、風の具合でその白い刃がぴかりぴかりと光る事がある。他の一人は腕組をしたまま立って砥《と》の回るのを見ている。髯の中から顔が出ていてその半面をカンテラが照らす。照らされた部分が泥だらけのにんじんのような色に見える。「こう毎日のように舟から送って来ては、首斬り役も繁昌だのう」と髯がいう。「そうさ、斧を磨ぐだけでも骨が折れるわ」と歌の主が答える。これは背の低い眼の凹んだ煤色の男である。「昨日は美しいのをやったなあ」と髯が惜しそうにいう。「いや顔は美しいが頸の骨は馬鹿に堅い女だった。御蔭でこの通り刃が一分ばかりかけた」とやけに轆轤を転ばす、シュシュシュシュと鳴る間から火花がピチピチと出る。磨ぎ手は声を張り揚げて歌い出す。

切れぬはずだよ女の頸は恋の恨みで刃が折れる。

シュシュシュシュと鳴る音のほかには聴えるものもない。カンテラの光りが風に煽られて磨ぎ手の右の頬を射る。煤の上に朱を流したようだ。「あすは誰の番かな」とややありて髯が質問する。「あすは例の婆様の番さ」と平気に答える。

生える白髪を浮気が染める、骨を斬られりゃ血が染める。

と高調子に歌う。シュシュシュと轆轤が回まわる、ピチピチと火花が出る。「アハハハもう善かろう」と斧を振り翳して灯影にを見る。「婆様ぎりか、ほかに誰もいないか」と髯がまた問をかける。「それから例のがやられる」「気の毒な、もうやるか、可愛相にのう」といえば、「気の毒じゃが仕方がないわ」と真黒な天井を見て嘯く。

たちまち窖も首斬りもカンテラも一度に消えて余はボーシャン塔の真中に茫然と佇ずんでいる。ふと気がついて見ると傍に先刻鴉に麺麭《パン》をやりたいと云った男の子が立っている。例の怪しい女ももとのごとくついている。男の子が壁を見て「あそこに犬がかいてある」と驚いたように云う。女は例のごとく過去の権化と云うべきほどの屹とした口調で「犬ではありません。左りが熊、右が獅子でこれはダッドレー家の紋章です」と答える。実のところ余も犬か豚だと思っていたのであるから、今この女の説明を聞いてますます不思議な女だと思う。そう云えば今ダッドレーと云ったときその言葉の内に何となく力が籠って、あたかも己の家名でも名乗ったごとくに感ぜらるる。余は息を凝らして両人を注視する。女はなお説明をつづける。「この紋章を刻んだ人はジョン・ダッドレーです」。あたかもジョンは自分の兄弟のごとき語調である。「ジョンには四人の兄弟があって、その兄弟が、熊と獅子の周囲に刻みつけられてある草花でちゃんと分ります」見るとなるほど四通の花だか葉だかが油絵の枠のように熊と獅子を取り巻いて彫てある。「ここにあるのは Acorns でこれは Ambrose の事です。こちらにあるのが Rose で Robert を代表するのです。

下の方に忍冬が描いてありましょう。忍冬は Honeysuckle だから Henry に当るのです。左りの上に塊っているのが Geranium でこれは G……」と言ったきり黙っている。見ると珊瑚のような唇が電気でも懸と思われるまでにぶるぶると顫えている。蝮が鼠に向ったときの舌の先のごとくだ。しばらくすると女はこの紋章の下に書きつけてある題辞を朗らかに誦した。

Yow that the beasts do wel behold and se,
May deme with ease wherefore here made they be
Withe borders wherein ……………………………
4 brothers' names who list to serche the grovnd.

女はこの句を生れてから今日まで毎日日課として暗誦したように一種の口調をもって誦し了った。実を言うと壁にある字ははなはだ見にくい。余のごときものは首を捻っても一字も読めそうにない。余はますますこの女を怪しく思う。

気味が悪くなったから通り過ぎて先へ抜ける。銃眼のある角を出ると滅茶苦茶に書き綴られた、模様だか文字だか分らない中に、正しき画で、小さく「ジェーン」と書いてある。余は覚えずその前に立ち止まった。英国の歴史を読んだものでジェーン・グレーの名を知らぬ者はあるまい。またその薄命と無残の最後に同情の涙を濺がぬ者はあるまい。ジェーンは義父と夫の野心のために十八年の春秋を罪なくして惜気もなく刑場に売った。踏み躪られたる薔薇の蕊より消え難き香の遠く立ちて、今に至るまで史を繙く者をゆかしがらせる。ギリシャ語を解しプレートーを読んで一代の碩学アスカムをして舌を捲しめたる逸事は、この詩趣ある人物を想見するの好材料として何人の脳裏にも保存させられるであろう。余はジェーンの名の前に立ち止まったきり動かない。動かないと言うよりむしろ動けない。空想の幕はすでにあいている。

始は両方の眼が霞んで物が見えなくなる。やがて暗い中の一点にパッと火が点ぜられる。その火が次第次第に大きくなって内に人が動いているような心持ちがする。次にそれがだんだん明るくなってちょうど双眼鏡の度を合せるように判然と眼に映じて来る。次にその景色がだんだん大きくなって遠方から近づいて来る。気がついて見ると真中に若い女が坐っている、右の端には男が立っているようだ。両方共どこかで見たようだなと考えるうち、瞬く間にズッと近づいて余から五六間先ではたと停まる。男は前に穴倉の裏で歌をうたっていた、眼の凹んだ煤色をした、背の低い奴だ。磨ぎすました斧を左手に突いて腰に八寸ほどの短刀をぶら下げて身構えて立っている。余は覚えずギョッとする。女は白き手巾で目隠しをして両の手で首を載せる台を探すような風情に見える。首を載せる台は日本の薪割台ぐらいの大きさで前に鉄の環が着いている。台の前部に藁が散らしてあるのは流れる血を防ぐ要慎と見えた。背後の壁にもたれて二三人の女が泣き崩れている、侍女ででもあろうか。白い毛裏を折り返した法衣を裾長く引く坊さんが、うつ向いて女の手を台の方角へ導いてやる。女は雪のごとく白い服を着けて、肩にあまる金色の髪を時々雲のように揺らす。ふとその顔を見ると驚いた。眼こそ見えね、眉の形、細き面、なよやかなる頸の辺りに至るまで、先刻さっき見た女そのままである。思わず馳《か》け寄ろうとしたが足が縮んで一歩も前へ出る事が出来ぬ。女はようやく首斬り台を探り当てて両の手をかける。唇がむずむずと動く。最前男の子にダッドレーの紋章を説明した時と寸分違わぬ。やがて首を少し傾けて「わが夫ギルドフォード・ダッドレーはすでに神の国に行ってか」と聞く。肩を揺り越した一握りの髪が軽くうねりを打つ。坊さんは「知り申さぬ」と答えて「まだ真の道に入りたもう心はなきか」と問う。女きっとして「まこととは吾と夫の信ずる道をこそ言え。御身達の道は迷いの道、誤りの道よ」と返す。坊さんは何にも言わずにいる。女はやや落ちついた調子で「吾夫が先なら追いつこう、後ならば誘うて行こう。正しき神の国に、正しき道を踏んで行こう」と言い終わって落つるがごとく首を台の上に投げかける。

眼の凹んだ、煤色の、背の低い首斬り役が重たげに斧をエイと取り直す。余のズボンの膝に二三点の血が迸ると思ったら、すべての光景が忽然と消え失せた。

あたりを見廻わすと男の子を連れた女はどこへ行ったか影さえ見えない。狐に化かされたような顔をして茫然と塔を出る。帰り道にまた鐘塔の下を通ったら高い窓からガイフォークスが稲妻のような顔をちょっと出した。「今一時間早かったら……。この三本のマッチが役に立たなかったのは実に残念である」と言う声さへ聞えた。自分ながら少々気が変だと思ってそこそこに塔を出る。塔橋を渡って後ろを顧《かえり》みたら、北の国の例かこの日もいつのまにやら雨となっていた。糠粒を針の目からこぼすような細かいのが満都の紅塵と煤煙を溶かして濛々と天地を閉ざす裏に地獄の影のようにぬっと見上げられたのは倫敦塔であった。

無我夢中に宿に着いて、主人に今日は塔を見物して来たと話したら、主人が鴉が五羽いたでしょうと云う。おやこの主人もあの女の親類かなと内心大いに驚と主人は笑いながら「あれは奉納の鴉です。昔しからあすこに飼っているので、一羽でも数が不足すると、すぐあとをこしらえます、それだからあの鴉はいつでも五羽に限っています」と手もなく説明するので、余の空想の一半は倫敦塔を見たその日のうちに打ち壊されてしまった。余はまた主人に壁の題辞の事を話すと、主人は無造作に「ええあの落らくがき書ですか、つまらない事をしたもんで、せっかく奇麗な所を台なしにしてしまいましたねえ、なに罪人の落書だなんて当てになったもんじゃありません、偽もだいぶありまさあね」と澄ましたものである。余は最後に美しい婦人に逢った事とその婦人が我々の知らない事やとうてい読めない字句をすらすら読んだ事などを不思議そうに話し出すと、主人は大に軽蔑した口調で「そりゃ当り前でさあ、皆んなあすこへ行く時にゃ案内記を読んで出掛けるんでさあ、そのくらいの事を知ってたって何も驚くにゃあたらないでしょう、何すこぶる別嬪だって？――倫敦にゃだいぶ別嬪がいますよ、少し気をつけないと険呑ですぜ」ととんだ所へ火の手が揚がる。これで余の空想の後半がまた打ち壊わされた。主人は二十世紀の倫敦人である。

それからは人と倫敦塔の話をしない事にきめた。また再び見物に行かない事にきめた。

この篇は事実らしく書き流してあるが、実のところ過半想像的の文字であるから、見る人はその心で読まれん事を希望する、塔の歴史に関して時々戯曲的に面白そうな事柄を選んで綴り込んで見たが、甘《うま》く行かんので所々不自然の痕迹が見えるのはやむをえない。そのうちエリザベス（エドワード四世の妃）が幽閉中の二王子に逢いに来る場と、二王子を殺したの述懐の場は沙翁の歴史劇リチャード三世のうちにもある。沙翁はクラレンス公爵の塔中で殺さるる場を写すには正筆を用い、王子を絞殺する模様をあらわすには仄筆を使って、刺客の語を藉《か》り裏面からその様子を描出している。かつてこの劇を読んだとき、そこを大いに面白く感じた事があるから、今その趣向をそのまま用いて見た。しかし対話の内容周囲の光景等は無論余の空想から捏出したもので沙翁とは何らの関係もない。それから断頭吏の歌をうたって斧を磨ぐところについて一言しておくが、この趣向は全くエーンズウォースの「倫敦塔」と言う小説から来たもので、余はこれに対して些少の創意をも要求する権利はない。エーンズウォースには斧の刃のこぼれたのをソルスベリ伯爵夫人を斬る時の出来事のように叙してある。余がこの書を読んだとき断頭場に用うる斧の刃のこぼれたのを首斬り役が磨いでいる景色などはわずかに一二頁に足らぬところではあるが非常に面白いと感じた。のみならず磨ぎながら乱暴な歌を平気でうたっていると云う事が、同じく十五六分の所作ではあるが、全篇を活動せしむるに足たるほどの戯曲的出来事だと深く興味を覚えたので、今その趣向そのままを蹈襲したのである。但ただし歌の意味も文句も、二吏の対話も、暗窖の光景もいっさい趣向以外の事は余の空想から成ったものである。ついでだからエーンズウォースが獄門役に歌わせた歌を紹介して置く。

The axe was sharp, and heavy as lead,
As it touched the neck, off went the head!
    Whir—whir—whir—whir!
Queen Anne laid her white throat upon the block,
Quietly waiting the fatal shock;
The axe it severed it right in twain,
And so quick—so true—that she felt no pain.

Whir—whir—whir—whir!
Salisbury's countess, she would not die
As a proud dame should—decorously.
Lifting my axe, I split her skull,
And the edge since then has been notched and dull.
Whir—whir—whir—whir!
Queen Catherine Howard gave me a fee, —
A chain of gold—to die easily:
And her costly present she did not rue,
For I touched her head, and away it flew!
Whir—whir—whir—whir!

この全章を訳そうと思ったがとうてい思うように行かないし、かつ余り長過ぎる恐れがあるからやめにした。

二王子幽閉の場と、ジェーン所刑の場については有名なるドラロッシの絵画がすくなからず余の想像を助けている事を一言していささか感謝の意を表する。

舟より上がる囚人のうちワイアットとあるは有名なる詩人の子にてジェーンのため兵を挙げたる人、父子同名なる故紛れ易いから記して置く。

塔中四辺の風致景物を今少し精細に写す方が読者に塔その物を紹介してその地を踏ましむる思いを自然に引き起させる上において必要な条件とは気がついているが、何分かかる文を草する目的で遊覧した訳ではないし、かつ年月が経過しているから判然たる景色がどうしても眼の前にあらわれにくい。したがってややともすると主観的の句が重複して、ある時は読者に不愉快な感じを与えはせぬかと思うところもあるが右の次第だから仕方がない。

七階

ディーノ・ブッツァーティ（Dino Buzzati）

Sette Piani

電車で一日旅をした後に、ジュゼッペ・コルテはある三月の朝、有名な病院がある街へと着いたのであった。少し熱はあったが、それでも旅行鞄を担ぎながら駅から病院までの道を歩くことにした。

病気のごく初期段階の軽い症状があるだけだったが、ジュゼッペ・コルテはその病気を専門的に治療する有名な病院へと赴くことを勧められたのだった。専門病院だと言うくらいだから、手腕の優れた権威ある医者や、合理的で治療に効果的な装置等も揃っているとのことだった。

遠くからその病院が見えてくると——そして広告用の写真で前に見たことはあるのを思い出したが——ジュゼッペ・コルテはいい印象を受けた。七階建てのその白い建物は、壁が規則的に張り出て溝が刻まれていて、まるでホテルのようにも見えた。その病院は高くまで生えている木々によって周囲が囲われていた。

手短な診察を終えた後、ジュゼッペ・コルテはもっと厳密な診察を受けるのを待つ間に、七階、つまり病院の最上階の居心地のいい病室へと案内された。家具類も壁紙も明るく、清潔感があるし、椅子は木製のもので、クッションも色彩豊かな覆いによって包まれていた。展望できる光景はこの街の最も景観のいい部分を眺め下すことができた。全てが穏やかで、快適で安心できるような雰囲気であった。

ジュゼッペ・コルテはすぐにベッドに横になって、枕元の明かりをつけて持ってきた本を読み始めるのであった。少しすると看護婦が入ってきて、何か困りごとはあるかと尋ねてきた。

ジュゼッペ・コルテはお願いしたいことはなかったが、積極的にその若い看護婦と一緒になって話し、ここの病院について色々と尋ねた。こうして彼はこの病院の奇妙な特徴を知るのであった。この病院は病状の程度に応じて患者を各々の階に振り分けるとしていたらしかった。最上階の七階は病状がごく軽微な患者が、六階には病状は重くはないがかといって放置しておくこともできない患者が、五階にはかなり病状が重く治療を施している患者が割り当てられているという具合である。二階ともなると重症な患者ばかりであり、一階となるともはやなんら望みのない患者ということであった。

この奇抜なシステムは患者の看護を効率よく行えるということ以外にも、症状が軽い患者が症状が重く苦痛に苛ませられている患者と並べられて不安になったりすることもなく、各々の階が均一的な雰囲気を保つことができるのである。そして治療の方もこのような区分けによって遺憾なく行えるのだ。

つまり患者たちは進捗段階に応じた七つの階級に分類することができると言えるだろう。各々の階は言ってしまえば各々小さな社会を形成しているのであり、固有の規律、固有の慣習があるのである。さらに各々の階には別の医者が配属されているので、院長が治療にあたっての基本方針を全ての階に対して打ち出してはいるが、具体的な治療方法ともなれば、ほんの僅かな部分においてもはっきりした差異が存在するのである。

看護婦が病室から出ていくとジュゼッペ・コルテは熱がなくなったような気がしたので、窓の方へとい寄って外を眺めるのであった。だがそれは初めて来たその街の光景を観察しようとしたのではなく、窓越しに下の階にいる別の患者たちの様子が窺えるのではないかと期待してのことだった。壁が大きく突き出たり引っ込んだりしていたこの建物は、そのような観察にあたって都合がよかった。ジュゼッペ・コルテは何よりも、遠くに見えて斜めに見下ろすことでしか窺えない一階の窓に目を集中させた。だが見たかぎりでは興味を惹きそうなものは何もなかった。窓の多くの部分は、灰色のブラインドを密着させる形で閉ざしていた。

コルテは隣の窓に男が一人立っていることに気づいた。長く視線を交じ合わせて親近感を覚えたが、どのようにして言葉を切り出していいか分からなかった。やがてジュゼッペ・コルテは思い切って話しかけてみた。「あなたも少し前からここに？」

「いや、ここにきて既に二ヶ月経っていますよ」と相手が答えた。しばらくの間相手は沈黙し、どのようにして会話を続ければいいのか分からなかったが、やがてこう言葉を付け加えた。

「私の弟を見ていたのです」

「弟？」

「ええ」とその見知らぬ男が説明した。私たちは一緒になって入院したのですが、実に奇妙なことに弟の病状が次第に悪化していって、今ではもう四番目にいる状態です」

「四番目ってどういうことです？」

「四階ですよ」とその見知らぬ男は説明し、その二つの言葉を同情と恐れが混じったような雰囲気で口にしたので、ジュゼッペ・コルテは恐怖に震えそうになった。

「しかし四階ではそれほどに病状は重たいのですか？」と警戒しつつ尋ねた。

「いえ」とその男はゆっくりと頭を振って言った。「まだそこまで絶望するほどではないのですが、悠長に構えているわけにはいかないですね」

「でもそれじゃあ」とコルテは、自分はその悲劇的な事件とは無関係だと言わんばかりの気楽さでさらに尋ねた。「四階にいる人たちでもそこまで重い病状だというのなら、一階にいる人たちはどうなんでしょうな？」

「ああ、一階にいる人たちはもうほとんど死ぬ寸前の者たちばかりですよ。あそこにいる医者たちはもうこれ以上どうにもならぬと匙を投げている状態です。牧師だけが仕事に忙しいのでしょう。そしてもちろん……」

「でも一階には患者はほんの少しかいないみたいですね」とジュゼッペ・コルテはすぐに確認を求めるように口を挟んだ。「一階にあるほとんどの窓は閉まってるようですし」

「今はほとんど閉まっていますが、今朝はかなり多くの窓が開いていました」とその見知らぬ男は微かに微笑んだ。

「ブラインドが降ろされているところ、そこは少し前に人が死んだってことですよ。それにほら、見てみれば分かりますが他の階のところではどこも窓が開いているでしょう？それじゃあ失礼します」。そして窓からゆっくりと離れながら相手はさらに付け加えた。「どうも少し寒くなってきたみたいなので、私はベッドに戻るとします。お大事にしてください……」

　相手の男の姿は窓から見えなくなり、その窓は勢いよく閉まった。そしてその部屋に明かりが灯されるのが見えたのだった。ジュゼッペ・コルテは一階のブラインドの降りた窓に目をじっと注ぎ、不動のまま窓際に立っていた。彼は死からはもう逃れられぬ患者たちがいる一階の暗い秘密をなんとか想像しようと、病的なくらいの熱心さでそれらの窓をじっと見つめた。そして自分はあそこからこんなに遠くいるのだと考えると安堵するのであった。そうこうしている間に、街は夕日の影に覆われていた。病院にある無数の窓には各々明かりが点いていて、それを遠くから眺めると、宮廷を思わせるような宴でも開かれていると思ってしまう。だが一階の、あの下の方にある深淵の底では、何十とある窓は暗いままである。

　総合的な検診による診断はジュゼッペ・コルテを安心させた。基本的に物事を悪い方向へと想定している彼はこの診断も内心では厳しい結果となるものと覚悟していたので、熱もなくなりそうにないのもあり、仮に医者からもっと下の階へと移るような措置を取られたとしてもさほど驚かなかっただろう。だが医者は彼に励ますような言葉を与えた。病状が見られることは確かだが――とその医者が言った――だが極めて軽微なものだ。二、三週も経過すれば完治する可能性が高い、とのことだった。

「じゃあ七階に残ってもいいわけですね」とジュゼッペ・コルテはこの点は心配せずに尋ねた。

「もちろんですよ！」と医者は彼の肩を愛想良く叩いた。「一体どの階に移るとでも考えていたのですか？四階とかにですかね？」と医者はアホらしい推測だと言わんばかりに笑って答えた。

「ここがいいです、ここがいいです」とコルテは言った。「ほら、病気になってしまうとどうしても悪い方へと考えてしまうものですからね……」

ジュゼッペ・コルテは実際言われた通りに最初に割り当てられた部屋に留まっていた。そして病院の患者たちの何人かと仲良くなったりもした。コルテは治療の措置にしっかりと従い、治療が早くなるための命令にも全て遵守した。だがそれでもなお、彼の病状には変化がなかった。

大体十日ほど経過した後、ジュゼッペ・コルテのところに七階の看護主任がやってきて、友人として特別にお願いしたいことがあると訊いてきた。明日、一人の夫人が子供を二人だけ連れて入院することになっているのだが、今ちょうどコルテの隣には二つ部屋が空いているが、部屋が一つ足りない。それでコルテが今いる部屋と同じくらい快適な部屋に移ってくれないかと、とお願いしてきた。

ジュゼッペ・コルテは無論それに反対することはなかった。この部屋でも別の部屋でも彼にとっては結局同じことだったのだ。それにもしかするとその別の部屋ではもっと美人の看護婦が自分を担当してくれるかもしれないではないか。

「心から感謝します」と看護主任は軽く会釈した。「正直、あなたのような方なら今のような騎士道的な親切な行為を示してくださるものと考えていました。特に問題がなければ、一時間以内に早速部屋を移っていただきたいと思います。なにぶん、一階下に降りていただくことになるので」とまるで何事もなかったかのように平穏な口調で付け加えた。「というのもこの階には他に空き部屋がもうないのですから。でもそれは完全に臨時の処置に過ぎません」と、ジュゼッペ・コルテが勢いよく身を起こして座り直し、抗議しようとして口を開こうとするのを見て慌てて釈明した。「本当に臨時の仮の処置にしか過ぎないのですよ。部屋が空けば、それも二、三日もすれば空くでしょうけど、すぐに上のこの階に戻って来られますよ」

「正直に言えば」とジュゼッペ・コルテは自分が子供みたいに我儘ではないことを示すために笑って言った。「正直に言えば、そういった場合で部屋を移すことはあまりいい気分のものではありませんね」

「でもこの部屋の移動には別に治療上の意味があるわけではないのですよ。あなたが仰りたいことはよく分かります、あくまで子供たちとは離れたくないという夫人への好意の問題なのです……。お願いしますから」と素直に笑いながらこう付け加えた。「他に理由があろうなどと思わないでくださいな！」

「そうでしょうが」とジュゼッペ・コルテは言った。「どうにもあまりいい予感がしないのです」

コルテはこうして六階に移動することになった。その移動は別に彼の病状が悪化していたことを意味するわけではなかったが、それでも自分と普通の世界、つまり健康な人々によって構成される世界との間を遮る壁ができてしまったことに考えを巡らせるとどうにも落ち着かなかった。七階だと外からのもののための港のようなものであり、一応まだ外の社会とは繋がっているのであり、通常世界のあくまで延長に過ぎないと看做すことができた。だが六階にくるとなるともう病院の中に取り込まれたことになる。すでに医者や看護婦や患者自身の考え方等も僅かにせよ七階とは異なっていたことが感じ取れた。六階にいる患者は、重症ではないにしても、本当の意味での病人たちが収容されていることを誰もが認めていた。付近の病室の患者たちや、職員や、医者との最初の会話から、七階ではそこの患者たちはもはや趣味として病気にかかったり、病気だと勘違いしているような人たちでそのための戯れ場としてあると六階の人たちは看做していることを悟った。六階に来て、ついに本格的に始まっていくのだった。

ともかくジュゼッペ・コルテは自分が本来いるべき上の階に戻るには、今の自分の病状を鑑みれば結構大変なことになるだろうと考えた。七階へと戻るためにはたとえ僅かだとしてもこの病院組織全体を動かす必要があったからだ。何も言わなければコルテを「殆ど完治した者」のための七階へと戻そうとしなかったことは明らかだった。

そういうわけで、ジュゼッペ・コルテは絶対に自分の持っている権利を手放したり、習慣の誘惑に屈したりするものかと決心した。同じ六階にいる患者たちには、自分は君たちとは数日程度しかいない、自分はあくまである夫人の要望を叶えてあげるために自発的にここに降りてきて、七階の病室が空き次第またすぐに戻るということを強く強調した。他方でそれらの患者たちはコルテの話を特に関心を払うこともなく、その話を肯定することもそんなになかった。

ジュゼッペ・コルテの確信は新たな医者による診断によってより強いものとなった。その医者もジュゼッペ・コルテは七階にいるのが当然だとした。コルテの症状は「全・く・以・て・軽・症・だ」とその判断を強調するようにわざわざ単語を区切って発音したのであった。だが結局はジュゼッペ・コルテは六階にいた方がもっと効果的な治療を受けられるだろうと彼に伝えるのであった。

「そういう話はやめて欲しい」とコルテははっきりした物言いで言葉を挟んだ。「私のいるべき場所は七階だとあなたは仰った。私はそこに戻りたいのです」

「別に反対している訳ではないですよ」と医者は言葉を返した。「私は医・者・としてあなたに助言しているのではなく、あなたの真・実・の・友・人・としての単なる意見として言っているのです。もう一度言いますが、あなたの病気はごく軽微で、病気に犯されてすらいないと言ってもいいくらいなのです。でも私が見たところでは、やや同じ症状がもっと広い範囲において見受けられるのです。つまりどういうことかというと、病気の程度は弱くても、それの及ぶ範囲は相応に広いということです。細胞の破壊段階はね」。ジュゼッペ・コルテはその不吉な単語をこの病院に来て以来初めて耳にした。「細胞の破壊段階はまだ極めて初期に過ぎないのです。まだ初期にすらないと言ってもいいでしょう。でも肉体組織を広い範囲に同時に襲い掛かる兆候も否定できないのです。あくまで兆候だけですよ。ただ私なりの意見としては、その点においてあなたは七階よりも六階にいる方が適切な治療を受けることができるということなのです。そういった治療方法もここの階だと習慣的に慣れているし、効果も高いですからね」

ある日、院長が医者たちと長い時間かけて会議をした結果、患者の各階への分類を変更することになったという話が聞こえてきた。各々の患者たちが階ごとの分類が半分だけ降下されるという訳である。各々の階にいる患者たちは病状の重さに従い二つに分けられ（この区分けは患者の各々の担当医によって決定されるのだが、それはこの病院内だけで行われるものだった）、そしてその二つのうち症状がより重い方は有無を言わさず下の階へと移動させられるということになっていた。たとえば六階にいる患者のうちの、より症状が早く進行している者は五階へと移動することになり、七階においても症状がより重い方は六階へと移ることになるのである。このことを耳にすると、ジュゼッペ・コルテは喜ぶのであった。というのも、このような大がかりな再分類が行われることによって、自分の七階への復帰がもっと簡単に達成されると考えたからである。

だが自分のそのような期待感を看護婦にそれとなく伝えると、彼は逆に苦々しい驚きを感じざるを得なかった。というのも確かに部屋は移動することにはなるが、それは上の七階にではなくて下の五階になるということだからである。看護婦は理由はわからないが、コルテは二つの区分けのうち「より重い」方に分類されていて、五階へと降りていかなければならないとのことだった。

最初の驚嘆の気分が薄らいでいくと、今度は怒りが湧いてくるのであった。誰も彼もが自分を騙そうとしている、下の階に移るとか冗談でも耳にしていいことじゃない、家に帰る、それも権利として認められているのであり、病院が医者の自分に対する診断をこうも無視していいものかと彼は怒声を上げるのであった。

彼が荒々しい声をあげていると、医者は彼を落ち着かせるためにやってきた。そうやって怒っていると熱が上がってしまうから気分を落ち着かせるよう彼に忠告し、おそらく何かしらの手違いがあったのでしょうと説明した。ジュゼッペ・コルテは七階に入れるのが病状的な観点から正しい処置であるともしたが、コルテの病状の場合は、解釈の違いが個人個人の間で大きいものでもあると付言した。つまり彼の現段階の病状はその広がり具合を鑑みれば、場合によっては六階に配属する方が適切だということもあり得るというのだった。だがその医者もコルテが六階のついこの間の区分けにおいてより重い方に分類されたというのかは分からず、もしかするとその日の朝にジュゼッペ・コルテの厳密な病状の進み具合について自分に電話で聞いてきた事務局の秘書が間違って紙に記したのだろう、あるいは、私は医者として腕は優れているが症状の診断があまりに慎重なものだと事務局の人たちから思われて彼らがジュゼッペ・

コルテの診断を多少厳しめに判断しこともあり得ると述べた。そして最終的には医者は心配することはない、ちゃんと病院の判断に従って部屋を移るようにとジュゼッペ・コルテに忠告した。問題なのは病気なのであり、どんな病室にいるかなどではないのだから、と言った。

病状の治療については――そう医者はさらに付け加えた――ジュゼッペ・コルテが不満を覚えることはないでしょうね。下の階にいる医者たちは経験豊富なのは間違いないことで、事務局の方も少なくとも下の階に降りるにつれて配属されている医者の腕前もそれだけ上がっていくと勝手な判断を下している、また病室の方もやはり上の階と同じくらいに居心地よく洒落ているし広々とした眺めも窓から見える。とはいえ三階から下になるとその眺めも病院周囲に生えている木々によって遮られているが、と言った。

ジュゼッペ・コルテは夕方の熱にかかり始めて、グダグダとした口実を聞いていてだんだん疲れていった。そして反対する力、特に理不尽な部屋の移動に反対するだけの力も無くなっていき、もはや言われるがままに病室を移動することにした。

五階へと移ったジュゼッペ・コルテの小さいながらも唯一あった慰めは、自分がこの階で一番症状が軽いということを、医者も看護婦もここの患者たちも皆口を揃えて認めてくれているということだった。つまりこの階においては自分は最も恵まれた存在であると捉えて、何ら問題はなかったのである。他方で、彼は今となっては自分と平常世界との間を遮る二重の壁ができてしまっているという考えに苦しむようになった。

春も深くなっていき空気も次第に暖かいものとなっていったが、ジュゼッペ・コルテは病院に初めて来た時のように窓際に立ってみようとは思わなかった。彼としても自分の抱いている恐れはやはり全く馬鹿馬鹿しいとは感じていたが、あの一階には随分と近くになったのだ。大部分の窓が閉ざされ、その窓を見ていると余りの恐怖に気分がおかしくなってしまう気がしたのだ。

彼の病状は相変わらずだった。五階に移ってから三日後に右足に湿疹らしきものが生じ、それから更に数日が経過してもそれがなくなる兆候は見られなかった。その湿疹は今のジュゼッペ・コルテの病気とは全然関係ないもので健康な人間にだって生じるものであるが、数日で消すにはディガンマ線を使った療法を行う必要がある、と医者が言った。

「ここではそのディガンマ線を使った治療を受けることはできないのですか？」とジュゼッペ・コルテは訊いた。

「もちろん受けられますよ」と医者は言った。「この病院にないものはないのですからね、ただ一つ問題があります」

「それは？」コルテは漠然とながらいい予感がしなかった。

「問題というほどではないですが」と医者は言い直して言った。「その装置は四階に降りないと使えないのですよ。そして私としては一日に三回も階段を降りたり上がったりすることをお薦めしたりしたくないのですよ」

「じゃあ受けられないということですか？」

「それについてですけどね、発疹が治るまであなたには四階にいてほしいと思うのですが」

「もういいです！」とジュゼッペ・コルテは荒々しい態度で怒った。「もう十分下に降りてきているのです、私は。何があっても四階に降りるなんて絶対にしませんよ！」

「ええ構いませんよ」。医者はコルテを怒らせないよう譲歩する感じで言った。「ただあなたを担当する医者として申し上げるのですが、一日に三回も下の階へと降りていくのは許可できませんね」

厄介なことに、湿疹は治るどころかどんどんひどくなっていった。ジュゼッペ・コルテは安らぐことなく、ベッドの中で絶えず身を反転させていた。このような苛立った心持ちで三日過ごしたのだが、ついに我慢が限界に達した。そしてコルテの方から自発的に担当医に対してディガンマ療法を受けるために下の階へと移動させてくれと頼んだ。

四階に降りるとコルテは自分が全く例外的な存在であることに気づいて大いに嬉しがった。四階にいる他の患者たちは明らかに病状がコルテよりも遥かに重く、ほんのわずかでもベッドから離れることができない状態にいた。それに反してコルテの方は病室からディガンマ線照射室まで歩いていき、看護婦たちのお世辞の賞賛を受けるという贅沢を味わった。

新たな担当医に対して彼は執拗なくらいに自分の四階における例外的な立場を念押しした。本来なら七階にいるべき患者が四階にいるのであり、湿疹が治ったらすぐに上の階に戻り、それを妨げるような口実はどんなものであれ絶対に聞き入れない旨を伝えた。

「七階、七階ね」とちょうど彼の診察を終えた医者は笑いながら言った。「患者さんというのはいつも話を誇張させるものですな。あなたとしては、現在の健康状態については満足しても問題ないですよ、カルテを読む限りは病状の大きな悪化は見受けられませんからね。でもそれでも七階へというのは――こう正直に言って気分を害するのなら謝りますが――そうなってくると話は別問題ですな。あなたの場合はそんなに憂慮するべき状態ではないですが、それでもやはり病人であることには変わりませんからね。」

「じゃあ」とジュゼッペ・コルテは顔を真っ赤にして言った。「何階なら適切だとあなたならおっしゃるのですか?」

「ええと、それに答えるのはちょっと難しいですな。まだあなたの診断をちょっとしかしていないので、最低一週間は診察をしてから結論を下すべきですな」

「まあそうかもしれませんが」とコルテは執拗に訊いた。「おおよその見当はわかるでしょう」

医者は彼を落ち着かせるために考え込むようなふりをして、自分に言うように頷きゆっくりと答えた。「そこまで言うならお答えしますが、まあ六階になら大丈夫かと思いますね。ええ、はい」と彼はまるで自分を納得させるかのように付け加えた。「ええ、六階ですな」

そう言えば患者は嬉しがるだろうと医者は見込んでいた。だがジュゼッペ・コルテの顔には恐怖の表情が広がっていった。この患者は一番上の七階の医者たちが自分を騙していたことに気づいたのだ。というのも明らかに判断力があり正直そうなこの新たな担当医は自分を内心七階にではなく、五階に、それも五階の病状の重い方へと分類しているのは間違いないことだったのだから。突然の失望に彼は打ちのめされた。その晩、彼の熱は露骨に上がった。

四階にいる間は、ジュゼッペ・コルテにとって入院して以来最も快適な時期だった。医者は好意的だし、相手への配慮も届き、親切であった。多種多様な話題で何時間も話したりすることもあった。ジュゼッペ・コルテの方も自分の弁護士としての生活や職業人として仕事についての話題を求めて進んで話すのであった。彼は自分がまだ健康でそういう人々が集まる社会に属しているのであり、更にビジネスの世界にも結び付けられていて、社会の話題について興味を持っているのだと無理にでも思おうとした。だが結局はそれも徒労に終わり、最終的に話題はいつも病気の方に落ち着くのであった。

健康に戻りたいと言うジュゼッペ・コルテの想いはやがて異常なものにまでなった。ディガンマ線の治療も確かに湿疹を抑えることには成功したが、完全になくすまでには至らなかった。ほとんど毎日ジュゼッペ・コルテはこのことについて担当医と話したのだが、自分の強気を見せるためにその会話で皮肉めいた言い方もしたが、それはぎこちないものだった。

「すみません、先生」とある日彼は言うのであった。「私の細胞の破壊段階はどうなってるのでしょうか」

「なんて言葉を口にするんだね、君は！」と医者は冗談気に言って彼を宥めた。「そんな単語どこから覚えたのですか？駄目ですよ、患者さんが特に口にしていいような言葉ではありません！そんな単語は二度と私の前で口にしてほしくはありませんな」

「分かりました」とコルテは反論した。「でもそれだと私の質問に答えたことにはなりませんね」

「じゃあすぐにこの場で答えはしますけど」と医者は丁重に言った。「あなたのその嫌悪すべき表現を借りればですね、細胞の破壊段階はあなたにおいてはほんのわずかなものです。でも執拗なものとは言えるでしょうね」

「執拗と言うのは、慢性的だということ？」

「私が口にしなかった表現をあえて私に言わせないでくださいよ。私は執拗としか言っておりません。要はこういうことなんですよ。たとえ症状が軽微だったとしても長い時間をかけて集中的に治療を施す必要があるというわけです」

「それで先生、結局いつ病状は良くなるんですか？」

「いつですって？この場合だと、それを言い当てるのは難しいです……が」としばらく考えるかのようにしてからまた言葉を続けた。「あなたはよくなりたいと強く思っているようですので……。お勧めしたいことがあります、もし気分を害さないなら、ですが」

「ではぜひ教えてほしいのですが」

「ならはっきりとお伝えしましょう。仮に私があなたのかかっている病気に私もどんなに軽くともかかってしまいこの病院に入院するとなったとしましょう。当病院はこの病気に関して存在する病院のうち最高水準の治療を与えているわけですが、私だったら入院したその日から、いいですか、入院した最初の日から自ら進んでもっと下の階に行きますね。ええ、何一つ躊躇することなく……」

「一階に?」コルテは無理矢理笑いつつ言った。

「いやいや!一階にではありませんよ」と医者は皮肉めいて答えた。でも三階、あるいは二階に配属させてもらいますね、きっと。下に行けばいくほど、治療は確かなものとなるのですから。それは保証しますよ。治療機器もより優れていて効果抜群ですし、医者の手腕もやはりそれだけ優れるようになりますからね。あなたはこの病院の中心的な人物が誰かご存知で?」

「ダーティ博士ですかね?」

「ええ、その人です。当病院で行われている治療は彼が発明したのであり、機械も全て彼によるものです。そしてその名医が一階と二階を担当しているわけです。そこでその手腕を大いに発揮しているのですよ。だがはっきりと申さなければなりませんが、彼の影響力は三階とそれより上の階には及ばないのですよ。上の階になればなるほど彼の命令が届きにくくなり、誤って解釈されたりする傾向が強くなるというわけです。病院の中枢は下の階にあり、より優れた治療を受けるには下の階へといく必要があるのです」

「つまり」とジュゼッペ・コルテは声を震わせて言った。「あなたは私に……」

「さらに一つ言うとすれば」と医者は平静な様子で言った。「あなたの場合は湿疹にも注意が必要ですな。大袈裟なものではないとは言えますが、なにぶん厄介でもありますし、長期間の観点から見ればあなたの『気力』を奪いとっていくこともなきにしもあらずです。病気の治癒において精神面での安定が必要なのはあなただってお分かりでしょう？あなたに施した照射治療は半分しか効果を上げませんでした。その理由はといえば、全く偶然かもしれないですし、照射した光線が十分に強力ではなかったかもしれません。しかし三階にある光線だとずっと強力なわけです。そこだとあなたの発疹が治癒する可能性はより高いものとなるでしょう。さらにいいですか？一旦回復へと向かうと、それは厄介な山を越えたということになります、つまりそれによって上の階へと上がるようになったらもう下の階へと降りることはなくなるというわけです。あなたが本当に回復するようになったと感じ、その際のあなたの『成績』によってはまたこの階に上がったり、いやもっと上に、五階に、六階に、もっと言えば七階に戻ることを邪魔する者なんて誰もいませんよ……」

「でもその強力な光線が治療を促進するということなのですか」

「絶対そうですよ、仮に私があなたと同じ立場だったらどうするか、もうお伝えしたではありませんか」

このような話を医者はジュゼッペ・コルテに対してほとんど毎日話して聞かせた。下の階に降りることは本能的に抵抗していたが、それでもなお湿疹に辛い思いをして相当疲労してしまった彼は、ついに医者の勧めに従うことになった、そして彼は下の階へと移っていった。三階で彼は、医者や看護婦が、かなり重篤な症状にある患者たちを治療することを職務としているに関わらず、ある種特別な陽気さがその階を支配していたことに間も無く気づいた。さらにその陽気さが日が経過するにつれてどんどん甚だしくなっていくのがわかった。彼はそのことを訝しく思って、看護婦と多少親しくなるとすぐにどうしてこんなに楽しそうなのかを訊いた。

「ああ、知らないのですか？」と看護婦は答えた。「あと三日で休暇になるのですよ」

「何？休暇？」

「ええ、二週間の休暇ですね。その間三階は全体が閉鎖されて、みんな休暇に行くのですよ、休暇は各階順番に行くのです」

「その間患者は一体どうするのですか？」

「数はそこまで多くないので、二つ分の階を一つにまとめるのです」

「なんですって？三階と四階の患者を一緒にするということですか？」

「いいえ」と看護婦は訂正した。「三階と二階を一緒にするのですよ。それで今この階にいる患者さんたちはみんな下の階へと移るのですよ」

「二階に移る」とジュゼッペ・コルテは死人のような蒼白な顔をした。「じゃあ私は二階へと移るということになるのですか」

「そうですよ、別に何もおかしいことはないでしょう？　二週間経過して私たちの休暇が終わったら、あなたはこの階の部屋へと戻って来られるのですからね。そんなに驚くようなことではないと思いますけどね」

しかしジュゼッペ・コルテは強い悪寒に襲われた。彼は不可思議といえる本能でそう感じたのだが、かといって医者や看護婦たちの休暇を停止させたりできるわけでもないので、彼はより強力な光線により新たな治療を受けられることを期待して――湿疹はもうほとんど治まっていた――この新たな移動に明確な抗議をすることはあえてしなかった。だが彼は看護婦たちがからかってくることも無視して新たな病室のドアに「ジュゼッペ・コルテ、三階からの仮移転」と書いた紙を貼るよう要求した。それはその病院において今までなかったことだが、医者たちは神経質なコルテには多少反対しただけで大きなショックを与える恐れがあると感じ、言われるがままにした。

要は二週間待ちさえすればいいのだ。ジュゼッペ・コルテは何時間もずっとベッドにいて、毎日家具類を見つめつつ、執拗なまでに経過していく日数を指で数えていた。二階ともなると上の階に比べて家具類も現代的で明るめの色合いをしているのではなく、もっと大きく、重々しく厳かな形状をしていた。たまに彼は耳を澄ませることがあった。死に際にいる瀕死の病人たちがいる階、いわば「死を宣告された者」の階から、死ぬ際のうめき声がここにまで聞こえてくるような気がしたのだ。

これらのことは彼の気持ちを沈めたことは言うまでもない。そしてそういった心の動揺がより一層病状をひどくさせるのだ。熱も上がっていき、体全体の衰弱具合はいよいよ甚だしいものとなった。窓からは――すでに夏の真っ只中でガラス窓はいつも開いていたが――もう家の屋根や街の景色も見えず、病院を囲む木々による緑の壁だけが見えた。

それから一週間後の午後二時ごろに、突然車のついた移動式寝台を押している三人の看護婦たちを従えた看護主任が病室に入ってきた。「部屋を移動する準備は大丈夫ですか」とその主任は随分と機嫌よく冗談混じりに言うのであった。

「部屋の移動？」とジュゼッペ・コルテは弱々しい声で訊いた。「一体全体何の冗談だ？三階の人たちが休暇から戻るにはあと一週間かかるんじゃないのか？」

「三階？」と主任は疑いの目で彼を見た。「私はあなたを一階へと移動させるように命じられております。ほら、こちらです」とその人はまさしくダーティ博士の署名入りの一階への移動を命じた書類を見せた。

ジュゼッペ・コルテの恐怖と憤然たる怒りは凄まじい怒声となって爆発し、その階全体に響いたくらいであった。「落ち着いてください、どうかお願いします」と看護婦たちは嘆願した。「病状のよろしくない患者さんたちのいるのですから！」と言ったが、彼の怒りは収まるところを知らなかった。

やがてその階の責任者の医者が駆けつけてきた。その人は親切であり丁重に接した。コルテの話を聞いて例の書類にも目を向け、相手からの説明を求めた。そして怒ったような様子をしつつ看護主任の方を向いて、これは何かのミスであり私がこんな処置を命じたことはない、だいぶ前から病院が混乱していて自分は蚊帳の外に置かれている……等々と話した。そして部下にも同じように言って、最後には患者の方を向いて丁寧な態度で深く謝罪した。

「しかしながら」とその医者は続けた。「ダーティ博士はちょうど一時間ほど前に短い休暇をとって出ていきました。戻ってくるのに二日かかります。実に申し訳ないのですが、博士の命令に背くようなことはできません。ダーティ博士は実に申し訳ないと思うでしょうな……。こんなミスがあっただなんて！どうしてこんな事態になったのか全く私には理解できません！」

今ではジュゼッペ・コルテはもうあまりに悲痛で身を震わせていた。自制心がもうなかった。恐怖のあまり彼は幼児同然となって打ちのめされていた。彼の絶望的な喚きは長い間部屋全体に響いていた。

こうして、この忌まわしい手続き上のミスにより、最後の場所へときてしまったのである。病状の酷さという点では最も厳密な医者の判断によっても七階ではないにしても六階に留まるべきなのが、瀕死の患者をいれる病室に来るなんて！このあまりに奇妙な自分の置かれている境遇にジュゼッペ・コルテは全力で笑い出したい気分になった。

暑い夏の午後がゆっくりと大都市の上を過ぎていく間、コルテはベッドに入ったまま、消毒されたタイルのあるとても奇妙な壁と、冷淡な死の廊下と、魂の抜けている虚な蒼白な人間の姿から構成される光景から自分は非現実的な世界へとやってきたのだという印象を抱いた。そうしつつ窓から木々を眺めていたが、窓から見えるそれらの木も本物ではないような気がしてきた。というより木の葉が全く動かないので、そう信じてしまうのだった。

そのように考えていると彼はとても動揺して、ベルを鳴らして看護婦を呼び、ベッドではつけないことにしているメガネをとってもらうようにお願いした。かけるとようやく気持ちが多少落ち着くのであった。メガネをつけてみると木は本物であり、木の葉の方も僅かながら風に揺らぐことが時々あることに気づくことができたのであった。

看護婦が病室から出ていくと、十五分間、完全な静寂が病室を支配した。今となっては六つの階が、忌まわしい六つの壁が、手続き上のミスとはいえジュゼッペ・コルテに仮借ない重圧を載せているのである。一体何年間、そう今となっては年を単位としなければならなかったのだ、何年待てば自分はこの深淵から浮かび上がることが出来るのだろうか？

それはともかくどうして部屋はこんなに暗いのだろうか？まだ午後になってそこまで経過していないはずだが。異様なまでの倦怠を感じて自分の身が麻痺したような感覚になりながら、ジュゼッペ・コルテはなんとかベッドの側にある小さな机の上の時計に目を向けることができた。三時半だった。反対側を振り向くと彼は、まるで神秘的な命令に従いでもするように窓のブラインドが光を遮りつつゆっくりと降りていくのを見た。

神の剣

トーマス・マン（Thomas Mann）

Gladius Dei

ミュンヘンは輝いていた。この首都の晴れ晴れとした広場や白い柱営、古色蒼然とした記念碑やバロック式の教会、水が迸っている噴水、宮殿や城の緑地の上に青絹の空が一帯を照らしつつ広がっていて、その広大で明るく、緑に囲われ巧みに計算された展望が六月の初め頃に太陽の靄の中に横たわっている。

どの路地にも鳥たちの囀りや密やかな喜びの声が響いている。……そして広場や家や樹木の並ぶ通りには、この美しくのんびりとした様子の街に、急がぬ楽しげな営みが動き、波打ちうねりをあげているのである。あらゆる国からの旅行者は小さくてゆっくりとした馬車に乗りながら、際限のない好奇心で左に右にと顔を向けて家々の壁に見たり、美術館の屋外階段を上っていったりしていた……。

多数の窓が開けっぱなしになっていて、そこから音楽が通りの方へと響き渡っていた。ピアノ、ヴァイオリンあるいはチェロの練習、実に誠実で善意な素人による努力と言えよう。だが「オデオン」では、複数のグランドピアノによって熱心に練習しているのが聞き取れる。

ノートゥングの主題を口笛で吹いたり、現代の劇場の後部座席を占める若者たちは、上着の脇ポケットに文学雑誌を入れたまま大学や国立図書館を入ったり出たりしている。トルコ街と凱旋門の間に白い両腕を広げた美術アカデミーの前に、宮廷馬車が一台停まっていた。そして傾斜路の一番上には、絵のように美しい老人や子供や女がアルバニア山地の服を着ながらモデルとして色彩豊かな集団を形成しながら、立ったり座ったり横たわったりしている。

北側の長い通りには漫然としてのんびりとした散歩があった……。そこの人々は何かを獲得しようという気もなく逆に奪われたりするようなこともない。ただ好きな目標を追ってのんびりと生きているのである。後頭部に丸い帽子を被り緩やかなネクタイをつけてステッキを持たぬ若い芸術家たち。彼らは色彩豊かなスケッチで自分たちの家賃を払う気楽な人々で、薄青色の午後に気分を上げようと散歩に出かけて小さな娘たちの姿を後ろから見ている。その娘たちは褐色のヘアバンドと幾分か大きな足と心配とは無縁な振る舞いをするという、あの可愛らしくて小太りなタイプである。……家が五軒毎にアトリエの窓ガラスが太陽の光を輝かせている。時々、市民的な家が並ぶ家並みに芸術的な建築物が現れる。空想力旺盛な若者による建築物で、幅が広くアーチ型の屋根であり、奇体な装飾が施されていて、機知と様式でいっぱいである。そして正面部分も全く退屈なものと思っていたら突然、ふと思い切りの良い即興的なものが施され、丹念な線状や鮮やかな色合いを用いて酔いどれ（バッカント）や水の精（ニンフ）赤らみを帯びた裸体等によって縁取られていたりする……。

美術品商店の展示窓や近代的な奢侈品を売っているバザーをうろつくことは、毎回新たな喜びをもたらしてくれる。あらゆる品の形状にどれほど空想力に満ちた快、どれほど線によって描かれる機知が表出していることだろう。どこもかしこも小さな彫刻、額縁、骨董品が散在している。ショーウィンドーからはフィレンツェ十五世紀風の婦人の胸像が高貴ながら棘のある魅力を備えつつ君の方を見ているのだ。そしてこの一帯にある店の中で最も小さく値段も安い店の主人でもドナテッロやミノ・ダ・フィエーゾレについて君に話すのであり、まるでその主人が彼らの作品の複製権を当人たちから直に頂いたと言わんばかりである……。

だが向こう側にあるオデオン広場では、広々としたモザイクの平面に広がっている力強い屋根付バルコニーに面して、また国王宮殿の斜めに対面したところに、大勢の人々が大きな美術商店、ブリューテンツヴァイグ氏によって建てられた広大で美しい店の幅の広い窓や陳列ケースの前でひしめき合っている。その陳列の見栄といったらなんと快く華やかなものだろう！地球上のあらゆる画廊にある傑作の複製品が装飾の施された上品で高価な額縁に嵌め込まれていて、気取ったような単純な嗜好を表している。現代絵画の模写、愉悦に浸る空想、そこには古典が機知いっぱいで現代的な様式で蘇ってくるかのように思われる。ルネッサンス期の彫刻の完全な鋳物がある。銅製の裸体や今にも壊れそうな装飾グラスがある。鉱泉から多様な色合いに覆われながら出てきた、急勾配的な様式を有する土製の壺がある。豪華な書籍、つまり新たな装丁術の勝利であり、装飾的で貴族的な華麗さに包まれた現代叙事詩人による本がある。それらの間に私的な関心を好む大衆のために、芸術家、音楽家、哲学者、俳優、詩人等の肖像が展示してある。隣にある本屋に最も近い窓には、大きな肖像画が画架の上に架かっていて、その前に大勢の人たちが足を止めている。赤褐色の色調で仕上げられた優れた出来栄えの写真が広く古めかしい金色の額縁に入っている。それは実に人の目を引かずにはいられない作品であり、今年の国際大展覧会の看板とも言える逸品を複製したものである。その展覧会は広告塔、コンサートの予告や化粧具の芸術的な推薦に混じる形で古風で効果が見込めるポスターとして客の訪問を誘っている。

周りを見て、本屋の窓を覗き込んでみるといい。君の両眼には「ルネサンス以来の建築術」や「色彩感覚の教育」、「現代美術工芸におけるルネサンス」、「芸術品としての本」、「装飾術」、「芸術への飢餓」といった題名が目に入ってくる。そしてこういった啓発書が何千と数え切れないくらい買われては読まれ、それらと同じようなテーマが満員の会場において話されたりしていることを君は知っておく必要がある……。

君の運が良ければ、常々芸術の仲介役として見ている有名な女性たちの一人と個人的に知り合うことができる。彼女たちは拵えたティッツィアーノ風の金髪とダイヤで身を装飾した裕福で美しい貴婦人たちであり、その魅惑的な顔つきは天才的な肖像画の手によって、永遠が分け与えられ彼女のその恋愛模様が街中で噂話として持ち上げられる。カーニヴァルの芸術祭の女王たちは、多少化粧をして肌に色塗りをして、高貴な辛辣さでいっぱいな様子をして、媚びへつらい崇拝に値する存在としている。そして見るがいい、あそこのルートヴィヒ通りを才分ある画家が自分の恋人と並んで馬車に乗りながら走り去っていく。人々はその馬車をみんなで指差して立ったまま、二人を後ろから見送っている。多数の人たちが会釈をしている。警官たちが彼らを堰き止めるために列を成してもおかしくない人数である。

芸術が栄えている。芸術は支配する存在としてあり、薔薇で巻いた王笏を街の上に差し出しては微笑んでいる。その繁栄に様々な人々が恭しく加わっていき、熱心に捧げる気持ちいっぱいに様々な営みや宣伝を自分の捧げ物として行い、線と装飾と形状と感性と美による忠誠心による礼拝行為が一帯を占めているのである……。ミュンヘンは輝いていた。

ある青年がシェリング通りをゆっくりと歩いていた。彼の周りには自転車の音が鳴りわたっていて、木の舗道の真ん中を、ルートヴィヒ教会の幅の広い正面に向かう形で歩いていた。その男を見てみれば、まるで太陽に影が差し込んだり、心が重苦しい思い出を思い起こしていたようであった。彼は太陽が好きではなかったのだろうか、この眩い祭日である美しい街を照らす太陽が?どうして彼は自分の内に閉じこもり、ゆっくり歩きながら両眼を地面のほうに向けているのだろう。

彼は帽子を被ってはいなかった。この気楽な街では服装の自由が効くので誰もそれに文句を言う者はいなかったのだが、彼は帽子の代わりに彼が着ている大きくて黒いコートのフードを頭にかぶせていて、それが彼の低めで狭く突き出たような額に影をもたらしていて、耳もそれによって覆われていて痩せた両頬を縁取っている。どんな心の苦悩が、どんな良心の痛癪が、どんな自己への虐待がその落ち窪んだ頬を可能にしたのだろうか?このような日曜日に頬が窪んだ人に憂苦が住んでいるのをみるのは実に戦慄すべきことではないだろうか?彼の黒い眉毛は彼の顔から突き出てこぶのある鼻の小さな付け根のところで、濃くなっている。そして彼の唇も膨らんでいて色濃い。かなり互いに近い位置にある茶色の両眼を上げるたびに、角張った額に横皺が出来上がる。彼は何かに目を向ける時は、対象についての知識がある一方で、どこか偏狭であり苦しんでいるかのような印象を与える。彼の顔を横から見てみると、それは僧侶によって描かれた古い肖像とそっくりである。その肖像はフィレンツェのある狭くて禁欲的な修道院の部屋に保管されているのだが、その部屋はかつて生命とその勝利に対する恐ろしいくらいに激烈な勢いを有する抗議が発せられたことがある。

ヒエロニムスはシェリング通りを進んでいった。その足取りはゆっくりで確固としたものであり、身丈に合わぬ大きなコートの内側で両手を合わせていた。二人の小さな娘、二人のヘアバンドをつけた可愛らしくも丈夫な存在——足は大きく悩みごととは無縁な振る舞い——が腕を組み合い冒険心に富んだ様子で彼とゆっくりとすれ違ったのだが、その時彼女たちは互いに肘を付け合い笑っては前屈みになり、その男のフードと顔を笑い走って離れていった。だが彼はそれを気に留めなかった。頭が項垂れたままで右も左にも顔を向けることはなく、ルートヴィヒ通りを通り過ぎていくと、教会の階段を上がっていった。

中央にある入るための大きな両開きのドアは開いていた。神聖な薄暗さの中で、冷たく、ジメジメしていて、供物の匂いが漂っていた。どこか遠くの方にかすかな赤みを帯びた光が見られる。充血した眼のある年老いた女性が祈祷台から身を起こして、松葉杖にもたれながらゆっくりと柱の間を身を引きずっていった。教会の中には他には誰もいなかった。

ヒエロニムスは水盤のところで額と胸を軽く湿らせてから、中央祭壇の前で跪いて、今度は身廊に佇んだままでいた。彼の身体はこの境界の中では大きくなったような気がしないだろうか？毅然とした姿勢で微動だにせず、勢いよく頭を上げて彼はそこに佇んだのだった。彼の大きなこぶのような鼻は、分厚い唇の上を支配するように突き出ているような印象を受けるし、彼の両眼も今では地面の方には向けられてなく、大胆に真っ直ぐに目を遠くに、向こう側にある中央祭壇に掲げられているキリストの十字架像へと向けていた。そのまま彼はしばらく不動のままそこに佇んでいたが、その後彼は後ろに退いた上で再度跪き、教会から去っていった。

彼はルートヴィヒ通りを上がっていった。ゆっくりだが確かな足取りで頭を項垂れたまま、舗装されていない広い車道の真ん中を、彫像の飾られた堂々としたロッジアへと向かうかたちで歩いていたのだった。だがオデオン広場に着くと、彼は顔を上げて——その際彼の角張った額に横皺ができた——足を止めるのであった。あの大きな美術店に、ブリューテンツヴァイク氏による広々とした美術商店の陳列窓に多数の人々が群がっているのに注意を凝らしたのである。

人々は窓から窓へと歩いてって、互いの肩から覗き込むようにして展示されている貴重品を指差したり互いに意見を言い合ったりしていた。ヒエロニムスは彼らの中へと混ざっていき、陳列されている品全てをじっくり見始め、一品一品じっくりと眺め始めた。

彼は世界のあらゆる美術館にある傑作品の模写や、簡素で奇妙ながら高価な額縁、ルネサンスの彫刻、銅製の彫像や装飾グラス、輝く花瓶、本の装丁、芸術家や音楽家や哲学家や俳優や詩人の肖像画等を見た。全てじっくりと見てとったし一瞬裏返したりもした。着ているコートの中で彼は両手をしっかりと握り合わせていて、フードをかぶっている頭を小さくちょっとだけ振り向かせて次の展示品へと眼を向けて、鼻根のところで色濃くなっている黒くて厚い眉毛を彼は釣り上げて、当惑して虚ろで冷たく驚いたような印象を与える彼の眼はどの品にもしばし注がれていたのであった。このように彼は第一の窓へと来たのだった。その窓は例の注目品として用意された肖像画があったのであり、自分の前に押し寄せている多数の人々を肩越しにして対象をしばし見ようとしていたが、やがて前へと進んで、展示品のすぐそばにまで近づいた。

そこには大きくて赤褐色の写真が置いてあって、非常に秀逸な趣を湛えている古い金色によって額縁が施されていて、画架に乗せられてその陳列窓の真ん中に展示されている。それは聖母マリアだった。極めて現代風に描かれていて、いかなる慣習からも自由になった出来栄えである。その神聖なる産みの母は魅惑するような女性らしさを添えていて、裸であり美しかった。彼女の大きくて官能的な両眼は黒ずんだ縁があって、彼女の繊細で奇体なくらいに笑っている唇は半分開いた状態にあった。彼女の小さくて、少し神経質気味で痙攣しているかのように並んでいる指が子供たちの腰を抱いている。その子供たちは裸であり際立ちほとんど原始的なくらいにほっそりとしていて、彼女の乳房と戯れながら絵の鑑賞者に賢しげな横目を向けている。

他に二人の青年がヒエロニムスの隣に立ってこの絵について話し合っていた。その二人の青年は国立図書館から借りてきたかあるいは持って行くであろう本を腕に抱えていて、人文系の教養が深く、芸術と学問に精通している。

「あの小僧は上手くやってるな、クソッタレが！」と片方が言った。

「そして明らかに嫉妬させようとしているぜ」ともう片方がそれに答えた……。「随分と胡散臭い女だな！」

「見ていると頭にくる女だ！無垢なる受胎という教理も少し間違ってるんじゃないかと思ってしまうな……」

「ほんと、全くだ。この女は随分と人を唆るような印象を与えているな……。原画の方は見たか？」

「当たり前だろ。全くやられちゃったよ。これに色がついているともっと官能がそそられるぜ……。特にあの両眼だな」

「それにしてもマジで似てるな」

「どういうことだ？」

「この聖母のモデルとなったのを知らないのか？あいつは婦人帽子製造の女をそのモデルとして使ったんだろう。もはや肖像画と言ってもいいくらいだ。だが堕落した方へともっと引き寄せて描いてはいるだけさ……。モデルとなったあの小さな女はまだこれに比べれば無邪気さ」

「そう思いたいがね。こんな mater Amata（恋の母）みたいなのがたくさんいたら、人生は本当大変だろうからな……」

「国立美術館ピナコテークがこれを買い取ったんだ」

「マジかい？ そういうことか！ 美術館もやるべきことは分かってるんだな。この肉の描き方と服装の線の入れ方ときたら実に大したもんだ」

「だよな、信じられないくらいの天才さ、あいつは」

「そいつを知ってるのか？」

「少しな。あいつは偉くなるだろうな、それは間違いない。国王の食事にもう二回もご一緒させてもらってるからな……」

この最後の言葉は、互いにもう別れようとしながら言われたものだった。

「今晩劇場で会えるかい？」と片方が訊いた。「戯曲協会がマキャヴェリの『マンドラゴラ』を披露するんだ」

「そいつはいいな。さぞや楽しい時間を過ごせるだろうな。俺の方は芸術奇席の方へと行く予定があるんだが、多分あの勇敢なニコロの方へと引き寄せられてしまいそうだな。それじゃあまた……」

彼らは別れ後ろにさがって互いに右と左へと行った。新しい人々が二人の青年がいた場所へと押し寄せて、その大成功の絵を眺めるのであった。ヒエロニムスはだが自分のいた場所から一歩も動かなかった。彼は頭を前へと差し出していて、コートの中で彼の両手が胸の辺りで互いに握り合い丸まりつつ痙攣気味であるのが見てとれた。彼の眉毛はもはやさっきのような冷ややかさや少し悪意のこもった驚きの表情で吊り上げられてはおらず、下がっていて暗くなっていた。彼の黒いフードで半分覆われていた両頬は、さっきよりもっと痩せこけているように見えて、分厚い唇の方は完全に蒼白になっていた。ゆっくりと彼は頭を深く深く傾けていき、ついに彼の両眼は下から見上げる形であの芸術品にじっと硬着して向けられるようになった。彼の大きな鼻の付け根が動いた。

そのような姿勢を十五分間ずっと続けていた。彼の周囲にいた人々は入れ替わっていく一方で、彼はその場から動かなかった。やがてゆっくりと身を振り向けて、踵をゆっくりと返してその場を離れた。

だがあの聖母マリアのあの絵は彼の頭から離れなかった。自分の狭くて物に乏しい部屋にいようと空気が冷たい教会で跪こうと、彼の憤慨した魂の前にあったのだ。あの官能的で縁づいた両眼と不可思議に笑っている唇をしていて、裸で美しい女が。そしてどんな祈祷をしようともそれを追い払うことは叶わなかった。

だがあれから三日目の夜に、天からヒエロニムスへと命令の呼びかけが下された。干渉するのだ、そして軽佻浮薄な冷酷さと傲岸無礼な美へのお巫山戯に対して汝は声を上げるのだ、とのことだった。彼はモーセのように自分の弱々しい舌で言い逃れをしようとしたが無駄だった。神の御意思は一切揺らぐことなく、嘲笑している敵へ特攻していくことを内気な彼にはっきり要求したのであった」。そして彼は午前中に決心して外に出て、神の御意思に基づき進むべき道をあの美術店へ、あのブリューテンツヴァイク氏の大きな美術商店へと拓いた。頭にはあのフードを被り、着ているコートの内部で両手を握り合わせていて、彼はゆっくりと歩いていった。

ベルリンは蒸し暑くなっていた。空は色褪せていて、雷雨が迫っていた。再び大勢の人々が美術店のあの窓に、特にあの聖母マリアの絵のところに押し寄せている。ヒエロニムスはそこにほんの一瞥だけを投げた。そしてポスターや芸術雑誌がぶら下がっているガラス戸の取手を掴んだ。「神の御意思だ！」と彼は言って、店の中に入っていった。

何かの斜面台の上で何か大きな本に書いている若い娘が一人いたが、彼女は可愛らしく褐色の髪をしていて、ヘアバンドをつけて大きすぎる足をしていた。その彼女が彼の方に近づいてきて、何の御用かと好意的に尋ねた。

「どうもありがとう」とヒエロニムスはそっと言って彼女の方に目を注いだ。彼の角張った額には横皺ができ、両眼には情熱が込められていた。「私がお話ししたいのはあなたではなく、この店の所有者であるブリューテンツヴァイク氏です」

少しばかり躊躇うように彼の方から彼女は離れると、再度彼女は自分の仕事に取り掛かった。

彼は店の真ん中に立っていた。

外では見本として一個ずつ展示されているものが、この中では二十にのぼるくらいに積み上げられていて、豪勢に広げられていた。色、線や形、様式、機知、気高い趣味と美が横溢していた。ヒエロニムスは両側にゆっくりと目を開けたが、彼の黒いコートの襞によりきつく身を包んだ。

店の中には若干の人がいた。一人は幅の広く部屋を斜めに横切っている机にいて、黄色い服を着て黒い山羊髭を生やした紳士が座っていてフランス風の図面が入ったファイルを眺めていて、時折実に奇妙な笑い声をあげたりする。低賃金とベジタリアンであることを窺わせる青年が彼に給仕していて、彼のために新しいファイルを持ってきて見せてあげている。その山羊のような紳士と斜めに向かい合う形で、老いた貴婦人が現代的な芸術刺繍を吟味していた。その刺繍は御伽噺のような青白い色調の大きな花で、それが長く硬かった茎の上に垂直になる形で並列している模様であった。その老婦人の近くにも仕事に勤しんでいる店員がいる。

二つ目の机には旅行帽を被り木製のパイプを口に咥えたイギリス人が怠惰そうに座っていた。丈夫そうな服装をしていて、髭は剃り上げられてあり、冷淡そうであり年齢がいくつかははっきりしない。彼はブリューテンツヴァイク氏が彼に個人的に持ってきた銅製の物の中から選ぼうとしている。ある可愛らしく未熟で華奢な体をしていて、その両手をどこか色っぽさもある貞淑さを醸し出しながら胸の方で交差させている裸の小さな娘の銅像を、彼はその像の頭の部分をつかみゆっくりと回しながら、じっくりと吟味検討しているのである。

ブリューテンツヴァイク氏は顔一面に短くて茶色の髭を生やしていて、それと同じ色をした光っているような目をしていて、両手を擦り合わせながら彼の周りをぐるぐると回って、イギリス人が欲しがっているその小さな娘の像について言葉の限りを尽くして誉めている。

「百五十マルク、でございますかな」と彼は英語で言った。「ミュンヘン的な芸術作品ですな。とても可愛らしく仕上がってございます。見た人はどこまでもこれに惹きつけられます。まさに優美さそのものです。本当に全く綺麗で可愛らしく、驚くばかりの代物ですよ」。こう言った上でさらに何か言葉を思いついて彼は言ったのだ。「本当に魅了されてしまい、心がそそられます」。そしてまた初めから先ほどの言葉を始めるのであった。

彼の鼻は上唇の上にやや平らな形でついていて、彼は若干強めに鼻息をずっと立てていて、その鼻息によって口髭が揺れるのであった。時々、まるで買い手の匂いでも嗅ぐようにその側に身を屈めるような姿勢で近づいていく。ヒエロニムスがその店に入って来ると、ブリューテンツヴァイク氏は彼の方をちょうど同じ風に彼の方を軽く吟味したが、すぐにイギリス人の方につきっきりになった。

老貴婦人は品物の選択を終えて店から出ていった。新たな紳士が入ってきた。ブリューテンツヴァイク氏はその人の匂いを少し嗅いで、まるでその人の購買力の度合いを測ろうとしていたかのようだった。それが終わると彼は若い女店員に任せっきりにした。その紳士はメディチ家二代目の息子であるピエロのファイアンス焼きの胸像を一つだけ買って、また店を出ていった。イギリス人の方もそろそろ出て行こうかとしていた。彼はあの小さな娘の像を買い取って、ブリューテンツヴァイク氏に何度もお辞儀をしつつ出ていった。そしてこの美術商はヒエロニムスの方を向いて、彼の前で立った。

「何か御用で……」とその商人はそこそこ不躾に訊いた。

ヒエロニムスは着ているコートの内側から両手をしっかりと握り合わせて、ブリューテンツヴァイク氏の顔をほとんど瞬きもせずに見るのであった。彼は分厚い唇をゆっくりと開いてこういうのであった。

「私はあそこの窓にある聖母マリアの画について来ました。あの大きな写真のことです、聖母マリアの載ったね」――彼の声は掠れていて抑揚に欠けていた。

「ああ、なるほど」とブリューテンツヴァイク氏は勢いよく言葉を始めて、両手を揉み始めるのであった。「額縁込みで七十マルクですよ、旦那さん。これっぽちも値段を変えるつもりはありません……。一流の複製品です。とても魅力的で、心そそられる出来栄えです」

ヒエロニムスは黙った。彼はフードを被ったまま頭を垂れて、少し崩れ落ちた。その間も美術商は話を続けていた。やがて彼はまた身を起こしてこう言った。

「まずあらかじめ言っておきますが、私は何かここで買えるような状態にはありませんし、仮にあったとしてもそもそも買うつもりもないです。そちらの期待に背かなければならないことは申し訳ないと思います。そのことにあなたが苦痛を感じるのなら、私も同情を禁じ得ません。ですが、第一に私は貧乏なのでして、第二に私はあなたが並べてある物品は好きではありません。全く、私はあなたの商品を全く以て買うことができないのです」

「できない……。そうですか、できない」とブリューテンツヴァイク氏は鼻息を荒めた。

「だとしたら、一つお聞きしたいのですが……」

「私があなたを見た限りだと」とヒエロニムスは続けた。「あなたから何かを買い取ることができない状態にあることであなたは私を軽蔑するでしょうね」

「ふむ」とブリューテンツヴァイク氏は言った。「とんでもない！ただ……」

「それでもお願いするのですが、どうか私に耳を貸して、私の言葉を重くとってください」

「重くとる。ふむ。お聞きしたいのですが……」

「構いませんよ」とヒエロニムスは言った。「そうすれば答えますよ。私はここに来たのは、あの窓に展示されているあの画、聖母マリアの大きな写真をすぐにあなたの店の窓から取り下げて、二度と展示しないようにお願いするためです」

ブリューテンツヴァイク氏はヒエロニムスの顔を押し黙ったまましばらく目を向けていたが、その表情は相手が自分を困惑させようと思い切って言ってきた冒険的な言葉に応じするような挑戦的なものであった。だが実際にそういったことは起きなかったから、彼は勢いよく鼻息を鳴らして、言葉を切り出した。

「どうかぜひ教えていただきたいのですが、あなたは何かここで私に指図をするだけの公的な資格を持ってらっしゃるのですかな。それともあなたがここに来た本当の動機というのは……」

「いえいえ」とヒエロニムスは答えた。「私にはそんな公的な身分や権威は持ってないです。権力というのは私の味方ではありませんからね。ここに私が足を運んできたのは、全く私の良心だけによってです……」

ブリューテンツヴァイク氏は切り返すべき言葉を考えながら頭を揺り動かした。口髭へと激しい勢いで鼻息を吹き込んで、なんとか喋ろうとした。ついにこう言葉を発した。

「あなたの良心……。そうですか、だとしたらお願いしたいのですが……。ぜひ肝に銘じておいてほしいが……。あなたの良心なんぞ我々にとってはただ……。ただ全く取るに足らぬガラクタというわけでさ！」

そう言って彼は振り向き、店の奥にある自分の机にまで素早く行って書き始めた。二人の店員はとても可笑そうに笑った。あの可愛らしい女店員も帳簿を開きながらくすくすと笑った。あの黒い山羊髭を生やしていた黄色い紳士はどうだったかというと、彼は外国人であるということがわかった。つまり彼は今しがたの会話は全く理解できなかったらしく、ただフランス風の図面を時折山羊の鳴くような笑い声を上げながら相変わらずそれに取り組んでいたからである――。

「あの方を追い払ってくれないかね」とブリューテンツヴァイク氏は自分の助手に肩越しに言った。そして彼は書くのを続けた。薄給と菜食であることを窺わせる若い男はなんとか笑いを押し殺そうとする様子でヒエロニムスの方へと近づいた、別の店員も彼の方へと近づいた。

「何か他にお手伝いできることはありますかな?」と薄給の男がそっと尋ねた。ヒエロニムスは悩ましげで生気が鈍く、それでいて射抜くような眼差しを相手にじっと向けた。

「いいえ」と彼は答えた。「他に何も手伝っていただくことはないです。お願いですから、あの聖母マリアの画を窓からすぐに取り外して、二度と展示しないでください」

「ほう……。どうしてですか?」

「あれは神の聖母なのです……」とヒエロニムスは弱まった語気で言った。

「もちろんそうですよ……。でも今聞いた通り、ブリューテンツヴァイク氏はあなたの願いを聞き入れるつもりはございませんので」

「あれが神の聖母だということをよく考えなければなりません」とヒエロニムスは頭を小刻みに震わせた。

「ええそうですね――それで?聖母マリアを展示するのはいけないとでも?描くことは許されないとでも?」

「そうではないです!そうではないのです!」とヒエロニムスはほとんど囁くように言った。そして上体を真っ直ぐに起こし、何度も頭を勢いよく振った。フードの下の彼の角張った額には長くて深い横皺が刻まれていた。「あなたもよく知ってるでしょう。人が描いたものであるあれは悪なのですよ……。肉欲そのものじゃないですか！純朴で何も知らない二人の人たちがあの聖母マリアの画を眺めると、それは純潔なる受胎の教理が疑わしくなると言ったのを耳にしたのです……」

「ああ、申し訳ないのですが、そんなことは問題にしておりません」と若い店員が見下したように笑った。彼は時間のある時に現代の芸術運動についてのパンフレットを書いていて、教養的な会話をするくらいの力量は十分に持っていた。「あの画は芸術品なのですよ」と彼は続けた。「そしてあれに相応しい基準が設けなければならないのですよ。あれは各方面か大きな喝采を得たのです。政府がそれを買い上げたのです……」

「政府が買い上げたことは知っていますよ」とヒエロニムスは言った。「あの画の画家が国王との食事に二回列席したことも知っています。世間の人たちはあの作品について口にしていて、あんな作品のために誰かが高い尊敬を受け取るという事実が何を意味するかは神様だけがご存じなのです。その事実は一体何を証明するのでしょうか？世間の人々の盲目ぶり、恥知らずの偽善に基づくものでなければとても理解できないような盲目ぶりですよ。あの画は肉欲から生まれ出たものであり、肉欲において享受されているものです……。これは本当でしょうか？答えなさい、答えるのですよ、ブリューテンツヴァイク氏！」

言葉が少し止まった。ヒエロニムスは全く真剣に相手に答えを要求しているのであり、苦悶して射抜くような両目を二人の店員に交互に向け、そしてブリューテンツヴァイク氏の丸い背中に今度は目を注いだ。店員たちは彼を物珍しさと呆気に取られたように彼にじっと目を据えていた。沈黙が一帯を支配した。黒い山羊髭をした黄色の紳士だけが、フランス風の図面に身をかがめて、山羊の鳴き声のような笑いを立てている。

「それは本当なのです!」とヒエロニムスは続けた。そして彼の掠れた声には深い怒りが揺れ動いていた……。「あなたがたはそれを否定するだけの勇気がないじゃないですか!それならどうしてあの画の製作者があたかも人類に理想の宝を一つ増やした者であるかのように熱心に称賛したりするのがあり得るのでしょう?どうしてあの画の前に立って、それがもたらしている卑しい愉しみに平気な顔をして身を任せ、それを美という言葉で自分の良心を黙らせて、さらにはそれによって自分が高貴で選ばれた、最も人間らしい境遇にあるという考えに耽るなんて、そんなことが可能なのでしょうか?これは卑劣な無知なのか、それとも邪悪な偽善でしょうか?私の知性はこのような考えになると停滞してしまいます……。人が自分の動物的本能を愚かしくも堂々と世界に展開して、それで最も高い賞賛を勝ち得られるなんて、そんな馬鹿げた事実を前にしたら停滞してしまうのですよ!……美……美とは何でしょう?美によって何によって明らかにされ、何に対して作用するのでしょうか?これを知らないなんてことはあり得ないことですよ、ブリューテンツヴァイク氏!ところで、あることをここまで見透かしているのに、それに対して嫌悪や悲嘆で心がいっぱいにならないなんて、どうして考えられるでしょうか？破廉恥な子供の無知や、無礼な浅薄者どもを、美の昇華と冒涜的な崇拝によって是認し激励し権力づけるというのは罪を犯すことです。なぜならそれは苦悩から程遠く、同様に救済からも程遠いものなのですから！……どこの誰だか知らないが、君の見方は随分と悲観的だな、とあなたは私に答えるでしょう。それに対して私は言いますが、知というのは世界の最も深い源泉なのです。ですがそれは煉獄の火なのであり、その身を清める苦痛を通して出なければ人間の魂は決して救われることがないのです。不躾な子供心や卑劣な無邪気さが救済の助けになんてなることはなく、ブリューテンツヴァイク氏、そうではなくて私たちの嫌悪すべき肉の情熱を息絶えさせ消失させるあの認識にこそ救済が見出されるのです」

沈黙。黒い山羊髭をした黄色の紳士が山羊の鳴き声を少し上げた。

「さあもうこの店から行ってしまわなければなりません」と薄給の人が小声で言った。

だがヒエロニムスはそこを去ろうとする仕草は全く見せなかった。フードのコートに身を包んで毅然とした姿勢をとっていて、燃え滾るような目をしながら彼は美術商店の真ん中に立っている。そして彼の分厚い唇は、辛辣で錆びついたような響きを添えた呪いの言葉を止まることなく発していた。

「芸術！享楽！美！世界を美で包んで、事物の各々にその様式の高貴さを与えろ！と彼らは叫んでいる。……やめてくれ、卑劣漢共！お前たちは世界の悲惨さを豪勢な色で隠せるとでも思っているのか？苦悶する大地の呻吟《しんぎん》を豊富な奢侈芸術によるお祭り騒ぎによって掻き消すことができると思っているのか？お前たちは間違っているんだ、恥知らず共！神を嘲ることはできない。そして神の眼からすれば、お前たちのケバケバしい表層的に過ぎぬ無礼な偶像礼拝は唾棄すべきものとして映るのだ！……どこの誰だかは知らないがお前は芸術を侮辱していると答えるでしょう。それに対しては、それは嘘だ、俺は芸術を侮辱なぞしていないと答えよう！芸術とは肉体的に興奮させるために生を鼓舞し是認することを誘惑するような、恥知らずな詐欺などではない。芸術というのは、あらゆる身を震わせる深みにも、恥と嘆きでいっぱいのあらゆる深淵にも、慈悲深く照らしてくれる神聖な松明なのです。芸術というのはこの世界に灯された神聖な火なのであり、世界のあらゆる恥と責苦を救済をもたらす憐憫において燃え立たせ焼尽させてしまうものだ！……どかしなさい、ブリューテンツヴァイク氏、あなたの窓にある褒め称えられている画家による作品をどかしなさい……。いや、むしろあれを灼熱の炎によって焼き払ってしまい、その灰を四方へと撒き散らした方がいいくらいですね、四方八方へと！……」

彼の敵意のこもった声は突然止まった。彼は勢いよく後ろに退いて、片方の腕を黒いコートの覆いから出すと、熱を込めながらその腕を勢いよく長く差し出して、奇妙に歪んで痙攣気味に震えていたその手を、商品が並んでいる方へ、陳列窓の方へ、あの注目の的となっている聖母マリアの画が置いてある方へと向けた。このような強圧的な仕草をしたまま彼は微動だにしなくなった。彼の大きくてこぶができた鼻はまるで命令するものとしての印象を与えながら突き出ていて、彼の黒くて鼻根のところで濃くなっている眉毛はとても高く釣り上げられていて、フードによって覆われていた角張った額には長い横皺ができてしまっていて、彼の窪んだ頬には消耗熱が盛っていたのである。

だがこの時、ブリューテンツヴァイク氏は身を振り返した。この七十マルクの複製品を焼き払えという滅茶苦茶な要求が彼をどこまでも激怒させたからか、あるいはヒエロニムスの話がそもそも彼の忍耐の限界を超えてしまったからなのか、ともかく彼は極めて仮借ない怒りを抱いている姿をするようになった。ペン軸で彼は店の出口の方を指して、数回鼻息で口髭を短く荒く拭いてから、言葉をなんとか喋ろうと四苦八苦してから極度な力強さで言葉を切った。

「今すぐにここから出て行ってお前が姿を消さないってんなら、荷造り人を呼んで出てくのを手伝ってやるぞ、俺の言いたいことが分かるか？」

「いえ、そんなことで私が怖気付くとでも思ってるんですか、追い出せると思っているんですか。私を黙らせることなんて出来やしませんよ！」とヒエロニムスは叫んだ。彼は胸元の上あたりにあるフードを両手で掴んだまま、物怖じすることもなく頭を揺らした……

「私は、私は自分が一人で力もないことをよく分かっている、だがそれでも私は黙らない、あなたが私の言うことを聞き入れてくれるまでだ、ブリューテンツヴァイク氏！あの画をあの窓から取り除けて、すぐに今日焼き払うんだ！いや焼き払うのはあれだけじゃない！見る人を罪へと堕とさせるこれらの胸像や彫刻も焼き払うんだ、これらの花瓶や装飾品も、これらの恥知らずな異端の生まれ変わりものも、これらの贅沢に飾り物が施された愛の詩句も全て焼き払うんだ！あなたの店にあるものは全て焼き払うんだ、ブリューテンツヴァイク氏、こんなものは神の眼からすればゴミ同然だ！焼き払え、焼き払え、全部焼き払うんだ！」彼は我を失った様子でこう叫んだ。そして荒々しくて大きくその場を回る動きをした。……「収穫物は熟しており、刈るべき時が来ている……。現代の傲岸な厚かましさはあらゆる防波堤を打ち破ったのだ……。だがあなたにはこう言いたい……」

「クラウトフーベル！」とブリューテンツヴァイク氏は店の奥にあるドアの一つに目を向けて、声を絞り出して言った……。「すぐにこっちに来い！」

その命令に応じて現場に現れたのは、ガタイのいい他者を圧倒させるある何かであり、怪物的ではち切れんばかりの恐ろしいまでに太った人間の姿であった。膨張していて、浮き出て詰め物をされているような手足は、至る部分で不格好に互いに連なっている……。それは床をゆっくりと必要以上の重みで踏みならし、息を重苦しく喘いでいて麦芽によって養われたような巨体であった。恐ろしいほどに元気に満ちた民衆の息子だった！房のようなアザラシ髭が顔の上部にありいやでも目につき、大きな糊だらけの革製の前掛けが彼の肉体を覆っていて、シャツの黄色い袖口はその伝説めいた腕からまくり返している。

「その方にドアを開けてやってくれないかね、クラウトフーベル」とブリューテンツヴァイク氏は言った。「そしてそれでも出ていかないのなら、外の通りへと出る手伝いをしてくれ給え」

「はい？」とその男は小さな象のような目で、ヒエロニムスと彼の怒れる雇い主を交互に眺めた……。それは自分自身でどうにかと抑制していた力によって立てられた鈍い響きだった。そして彼は周囲にあるものを振動でぐらつかせながら、ドアの方へと歩いていった。

ヒエロニムスはとても青ざめていた。「焼き払うんだ……」と彼は言いたかったが、超人的な力によってその時すでに彼は向きを変えさせられていて――それは抵抗しようなんて考えを寸毫にも与えないほどの肉体的な重みだった――ずるずると任されるままにドアの方へと追いやられていった。

「私は弱い……」と彼はなんとか言葉を発した。「私の肉は暴力なんかに耐えられない……。とても抵抗できない……。だがそれがなにを立証するんだ？焼き払うんだ……」

彼は黙り込んだ。すでに美術商店の外にいた。ブリューテンツヴァイク氏の巨大な下僕は最後はちょっとした一突きで彼を離し、彼の方はその際片手で体を支え、石段の上に横になった姿勢で崩れ落ちていった。そして彼の後ろではガラス製のドアが閉まる音が鳴った。

彼は身を起こした。姿勢を直立させ苦しげに喘ぎながら、片方の手で胸の上にフードを正し、もう片方の手はコートの下にだらりと垂らした。彼の窪んだ頬には鈍い蒼白さが漂っていた。彼の大きくてこぶのある鼻の両側はピクピクとしながら膨らんだり萎んだりしている。醜い唇は絶望的なほどの憎しみが込められていることを思わせるほどに歪んでいて、彼の両目は炎が迸っていて、その眼は美しい広場の辺りを狂ったように、だが恍惚ともしたように漂っていた。

　自分の方に向けられた好奇で嘲笑的な眼差しを彼は見ることともなかった。彼は大きな外廊の前にあるモザイクの表面にこの世界の空虚さを見た。芸術家祭の仮面衣装、装飾品、花瓶、装丁具や置物、裸体の彫像や女の胸像、異教の再誕を描いた絵画、巨匠たちの手によって描かれた有名な美貌の婦人たちの肖像画、贅沢に飾られた愛の詩句や芸術の宣伝冊子等々がピラミッド風に積み立てられていて、彼の恐ろしい言葉によって屈服させられた大衆の歓声がそれらをパチパチと音を鳴らしつつ灰塵に帰していくのを見た。……彼はテアティネル通りから迫りつつ、少しばかり雷を鳴らしている黄色がかった雲の壁と相対する形で、刃の広い炎の剣がこの歓喜の街の上に硫黄の光の只中にかかっているのを見た……

「Gladius Dei super terram（神の剣、大地の上に）……」と彼の厚い唇が囁いて、フード付きのコートに包まれている己が身をよりまっすぐにした。そして垂れ下がっていた拳を密かに痙攣気味に揺さぶり、こう震わせながら呟くのであった。「Cito et velociter（疾くに来たれよ）！」

詩人たちとの最初の思い出

ウィリアム・ハズリット（Wiliam Hazlitt）

My First Acquaitance with Poets

ハズリットの優れたエッセイ群のうち、『詩人たちとの最初の思い出』はその中に必ず含まねばならない作品であり、彼が書いた作品のうち最もスリリングな作品というだけでなく、英語によって書かれた最も優れたエッセイなのである。

『読書案内』サマセット・モーム

私の父はシュロプシャーのウェムで非国教徒の牧師をしていた。そして一七九八年（その日付を構成する要素は私にとって「デモゴルゴンの恐るべき名前」のように思える）、コールリッジがシュルーズベリーへとユニテリアン集会の宗教責任者であったロウ氏の後を引き継ぐために来ていた。説教する前の土曜日の午後にようやくやって来たのであった。そしてロウ氏は不安と期待を胸に抱きながら馬車の方へとやって来て、自分の後継者を探した。だがそこで目にできたのは顔が丸く、小さな黒い外套（狩猟服のようである）を着た人だけであり、同乗者に対して盛んに喋り立てていたその人はとても探していたような人物には思えなかった。ロウ氏が失望を感じて戻ろうとした時、黒い衣装の丸顔の男が入って来た。話し始めることによってロウ氏のあらゆる疑念は払拭された。彼はそこにいた間、話すのをやめなかった。そしてそれ以降もやめなかった、少なくとも私の知っている限りはね。シュルーズベリーに三週間滞在して、その良き街を楽しさいっぱいの興奮を「鳩小屋の鷲のように、誇り高いサロップ人たちを動揺させながら」過ごしたのであった。そして嵐のような騒乱と共に地平線を縁取るウェールズ山脈は、これほどの神秘的な響きは

生まれ高きホーエルのハープまたはルウェリンの柔和な歌

以来なかった。

ウェムとシュルーズベリーを通り過ぎていく間、冬の木の枝を通して山々の青い頂や、通りの側面の逞しいオークの木の紅くざわめき木の葉が目に入ってきて、セイレーンの歌の如き響きが私の耳の中に入ってきた。私は呆然としてそれに驚き、深い眠りから覚めたようだった。だが雑多なイメージや風変わりな暗示をすることによってしか他人にその時の私が感じていた感嘆の念を伝えることは決してないだろうと考えていて、その考えは太陽の陽射しが通りの水たまりを煌めかせるように彼の天才の光が私の魂の中へと差し込んでくるまで続いた。その当時、私は無口ではっきりと物事を言うことができず、右往左往していてあたかも路傍で心砕かれとても生気のない虫のようだった。だが今は、それを縛るきついこと甚だしい束縛から身

を断ち切り

ステュクスが九重にそれを囲み

私の考えは翼を持った言葉に漂い、そしてそれが羽毛を伸ばすことによって、過去の年の黄金色の光を捉える。私の魂は暗くて曖昧な元来の束縛に縛られ続け、無限を不満げな様子で憧れていた。私の心はこの粗い粘土によってできた牢獄に閉じ込められ、自分を曝け出せる心を見つけることもなく、これからもない。だが私の知性も無言で鈍感であり続けることなく、それ自身を表明するための言葉もコールリッジのおかげでついに見つけたのだ。だがそれはこの主題として書くことではない。

私の父はシュルーズベリーから十マイル離れたところで住んでいて、近所の非国教徒の牧師を互いに訪問するという慣習に倣って、父はロウ氏やホイットチャーチ（そこから更に九マイル離れている）のジェンキンズ氏を訪問していた。互いにやりとりするためのコミュニケーション網はこのように確立され、これによって文明と信仰の自由の炎が燃え続け、燻っていて消すことの出来ぬ火を掻き立てるのである。それはアイスキュロスの『アガメムノン』の異なった箇所に配置され、燃え盛る尖塔と共にトロイの破滅を告知するために十年待った火のようである。コールリッジが地方の礼儀に則り、ロウ氏の有望な後継者として私と一緒に来て父に会ってくれることに同意してくれた。だがその間、彼が到着してからの日曜日にコールリッジが説教している様子を見るために足を運んだ。福音を説くために詩人であり哲学者が単一派の教壇に立つと言うことは、この退廃した日々における不思議な体験であり、開催されるべきキリスト教徒の原始的な精神の一種の復活であった。

私は一七九八年の一月、夜明け前に起き上がって泥の中を十マイル歩き著名な個人説教を聞いた。この生きてきた中で最も長い一七九八年の冬の一日におけるあの冷たくて不慣れで居心地悪い中歩いたような経験は、もう二度と味わうことはないだろう。「人が受ける印象の中には、時間や事情によっては消せないものがある。譬え私が何世紀も生きたとしても、私の青春時代の優しい時代は死に絶えることも、私の記憶から消えてしまうことは決してない」【Il y a des impressions que ni le tems ni les circumstances peuvent effacer. Dusse-je vivre des siecles entiers, le doux tens de ma jeanesse ne peut renatre pour moir, ni s'effacer jamais dans ma mémoire.】。私がそこに着いた時、オルガンは百番目の詩歌を演奏していて、それが終わるとコールリッジ氏は立ち上がって「祈るために独り山に登られた」と読み上げた。そして読み上げているうちに、彼の声から「芳醇で馥郁とした香りが靄のように舞い上がった」。そして最後の二つの言葉を読み上げようとして大きく、深く、はっきりと声を上げた時、当時若かった彼の人の心の奥底から響いてきたかのようで、祈祷の文句が厳粛な沈黙に漂いながら世界を貫いたかのようだった。聖ヨハネの言葉が私の脳裏に浮かび、すなわち「荒野に叫び、腰を巻き、イナゴと野生の蜂蜜が食糧だった」。それが終わると説教者は今回の主題について鷲が風と戯れるように語り始めた。説教の内容は平和と戦争について、同盟ではなく分離としての教会と国家について、そして同一のものではなく相反しているものとしての世界の精神とキリスト教の精神についてである。「人間の血が滴っている垂れ幕にキリストの十字架を記した」者たちについて話した。彼は詩的なそして田園的な話の脱線をした——そして戦争がもたらす破滅的な作用について、羊たちを平原へと駆り立てたり、ホーソンの下に座っていて羊たちに笛を鳴らしている「あたかも決して老いることがないような」慎ましい羊飼いの少年と、毛髪を縮らされ、誘拐され街へと運ばれ、酒場で酔わされ、粉と香油が編まれた長い髪をした惨めな太鼓叩きの少年にさせられ、流血を職業とする忌まわしい装飾品によって飾り立てられた同じ田舎の貧しい少年とを比較させた。

これらがかつて愛されし詩人の歌いし調べ

私自身はといえば、天空の音楽を耳にすることが出来ればこれほど喜ばしいことはなかった。詩と哲学が合わさった。信仰の目と認可により真実と天才が抱擁された。この体験は私の期待を凌駕すらしていた。私は十分に満足して帰宅した。太陽は未だ青白く光を発していて空を射抜いていた。その光は深い霧によって不鮮明になり、良き大義を持った紋章であるように見えた。そして湿った冷たい雫、それはアザミに半分溶けた形で垂れていたが、はそれ自体において何か優しさと瑞々しさがあるかのようだった。目に入る自然全てに希望と若さの精神が込められているのが感じられ、それらが全てを善へと変化させた。自然の顔にはその時神権の刻印はなかった。

悲しみが刻まれた快活な花のように

次の火曜日、半ば霊感を受けた演説者がやって来た。彼がいた場所の部屋へと私は呼び出され、半分希望を抱き半分は遅れながらそこへと向かった。とても親切に私を迎え入れてくれて、長い間彼の言葉をこちらは何も言わないまま耳を傾けていた。私は沈黙していたにしても、彼の言葉を苦しいとは思わなかった。「あの二時間私はウィリアム・ハズリットの額と会話していたんだな！」と彼は後になって嬉しそうに言った。外見は以前私が見ていたものとは変わっていた。ある程度距離が離れ礼拝堂の薄暗い光の中にいた私にとって、この場所は薄暗く不鮮明で奇妙な荒野であるように思え、彼の天然痘によってあばたのできた顔をしているかと思っていた。表情はその時、はっきりしていて、むしろ輝いてすらいた——

君の空色の艶の子供のように

彼の額は広くて高く、象牙に建てられたかのように軽やかで、相手を射抜くような大きな瞼をしていて、暗い艶を放つ海のように彼の目はその下を回っていた。「ある種の元気な艶が彼の顔に広がり」、ムリロやヴェラスケスのようなスペインの肖像画家たちの思慮深く蒼白な表情にあるような紫の色合いがあった。口はずんぐりしていて、肉感的で、開いていて、雄弁であった。顎は上機嫌そうで丸味を帯びていた。だが顔の舵であり意志の印とも言えるその鼻は、小さく、華奢で、無であった——彼が成し遂げたことのように。彼の顔の天才性は、高みから測量した上で思想と空想の未知なる世界へと（その十分な能力と巨大な野望と共に）、移ろいやすい目的をサポートしたり導いたりするものがない状態で己を向かわせているように私には思え、それはコロンブスが櫂や羅針盤のない状態でホタテ貝に乗って冒険へと出発したかのようだった。それ故少なくとも、これから話す出来事の後にこのことついて言及したい。

コールリッジは、その身体的特徴として、平均よりも体型が大きく肥満気味で、ハムレット卿のように「どこか太っていて皺のある」髪は（ああ！今では灰色だ）当時はカラスのように黒くて艶があり、額の上にその滑らかな房がかかっていた。この長く垂れ下がった髪は、天上へと考えが向かいがちな熱狂者において特徴的なものである。そしてキリストの絵画とも（髪の色は異なっているにしても）伝統的に不可分一体なものである。それはキリストは磔にされたことを説く者全てに共通している性質であり、コールリッジは当時その中の一人だったのだ！

彼と父の間の対照性を考察してみるのは面白いことだった。父は社会運動の古参家であり、老年に差し掛かろうとしていた。かつて貧しいアイルランドの少年であり、両親によって丁寧に養われ、将来の用意のためにグラスゴーの大学（そこで彼はアダム・スミスを学んだ）に入学した。母は息子が非国教徒の牧師である姿をみるのをこの上ない誇りを感じた。そういうわけで、もし私たちが過去の世代へと（可能な限り）目を振り向けるなら、私たちは同じ希望、恐れ、願い、そしてそれに続く形で人間の心を疼かせる同じ失望が目に入るのだ。そして（もし目を前に向けるならば）それらが人間の胸の中に無限に立ち上っていて、蒸気の泡のように消えていくのが見られるのだ！ユニテリアンの議論の熱やアメリカ戦争についての口論が盛っていた集まりから集まりへと多数身を放り投げられた後、無名の村へと駆り出されてそこで生涯の最後の三十年間を過ごした。そこでは彼の愛好していた、聖書で解釈論争されている箇所についての話と文明と信仰の自由のための運動という唯一の論争テーマとはとても無縁な場所であった。そこで日々を過ごし嘆きながらも、聖書の研究やその注釈を読むことに耽っていた――大きな二折本があれば、簡単で手に入れられる代物ではなかったが、冬をずっと過ごすのにそれで十分だった！どうして朝から晩までそれらに身を注いだのか（平野に散歩をしたり、庭へと行って自分で育てたブロッコリーというインゲン豆を少なからぬ誇りと喜びを抱きながら集めたりすること以外は）？ここには「人の姿も空想も」もなかった――詩も哲学もなかった――現代的な事物に対して目が眩んだり好奇心を掻き立てられることもなかった。だが精彩を欠いた目は沈思的で、取り扱いにくく省みられないヘブライ語大文字で「ヤハヴェ」という神聖なる名前を書かれた書物のページを見ている時に現れた。その文体の重みに押され、知性の最後の消えゆく微かさに疲労困憊したその目には、家長制の彷徨の微かに煌めく観念、地平性に浮かぶ椰子の木と三千年の隔たりがある駱駝の列とともにあった。燃える藪と共にあるモーゼ、十二支族の数、律法と預言者の型、幻影、注解があった。メトシェラの時代についての（単調過ぎた）議論があり、それは実に力強い思惟であった！ノアの方舟の形状やソロモンの神殿の豊穣さについての概略や大雑把な推量があった。天地創造の日付への疑問、万物の終焉についての予言。大量のページをめくっていくと球体の偉大な時の経過、予想外の変異が現れた。そして魂は解読不可能な神秘の象徴的なヴェールに包まれながら微睡んでいるかもしれないが、その微睡は感性、機知、空想あるいは理性の鋭敏化した全ての現実をすべて不均衡に交換されたものだ。私の父の生涯は比較的に夢のようなものだった。だがその夢は無限で永遠で、来たる死と復活と判決の夢であった！

この主と客ほど類似していない二人の人物はなかった。詩人というのは私の父からすれば一種の漠然とした存在であった。だがユニテリアンの運動に対して華を添えるものなら何でも彼は歓迎した。我らの訪問者が翼を身につけていたところで、感じた驚きや喜びはほとんど変わらないだろう。もちろん、彼の思考には翼があった。そして絹のような音が我らの小さな板張りの通路においてガサガサと音をたてながら、私の父はかけていた眼鏡を額の方へと上げた。そして父の白髪はその快活な色合いと混ざり、彼の無骨だが愛想のよい顔から喜びの微笑みが横切って、真理が空想に新たな盟邦を見つけたと考えたのだ！それにコールリッジは私に大いに注意を向けているように思え、それだけでも十分な程だった。彼はとても親密に、だが居心地よく話し、多数の事物について多少言及した。夕食の時間になると彼はより活性化して、メアリ・ウルストンクラフトとマッキントッシュについてとても教化的な態度で詳しく述べた。曰くマッキントッシュは（父が彼の主要な業績は『フランス擁護論』【Vindiciae Gallicae】と述べた際に）とても聡明で学者的な人間であり、多数のテーマを極めている人物で、あるいは文人の快い卸売商人で、自分が欲していることに対してどこに手を置くべきかを完全に理解しているが、売っている商人そのものは彼のものではないとのことだった。コールリッジは、バークには文体にせよ内容にせよとても敵わないとした。バークは形而上学者であり、マッキントッシュは単なる弁論家であった。バークは事物を理論の根拠とした演説者（ほとんど詩人）である。というのも自然性質を捉える能力に長けていたからだ。他方でマッキントッシュは修辞学者であり、分別にのみ目を向けていた。この点に関して思い切って言うが、バークについて多大な評価を心の中でしており、彼に対して（私が感知できる限り）軽蔑心を以て喋ることは卑俗で、大衆的な考えをしているという証だと看做してもいいかもしれない。このことを私はコールリッジに対して初めて述べた私の意見であり、彼はまさにその通りで驚くべき考察だとした。考えられる限りこの上なく美味しかった机の上にあるウェールズの羊肉の脚とカブについても覚えている。更にコールリッジはマッキントッシュとトム・ウェッジウッド（とても褒めていたにせよ）は友人のワーズワース氏について、自分はワーズワース氏については「相手の遥か手前で大股で歩き、隔たりにおいて彼はだんだん小さくなる！」としたが、彼らはその自分とは大きく異なった意見を述べているとした。ゴッドウィンは一度コールリッジに対して、マッキントッシュと三時間にわたって議論したことを自慢したが、その結果ははっきりしないものだった。コールリッジは「もし部屋に天才の男がいたのなら、その人はその論争のテーマについて五分でけりをつけただろう」と彼に言った。私にメアリ・ウルストンクラフトと会ったことがあるかと訊いてきて、それに対して私は一度だけ少しばかり接したことがあると答えた。そして彼女はゴッドウィンの反対意見に対してとても陽気で軽やかな得意とした様子で受け流しているかのように見えた。これに対して彼は「想像力に長けている人が単に知性的な人を支配した唯一の事例がそれだな」と答えた。ゴッドウィンをそれほど高くは評価しなかった（気まぐれか偏見か、心の底から思っているのか気取っているかであった）が、ウルストンクラフト夫人の会話の力に対しては大いに評価していた。だが彼女の本作りについてはてんで駄目だとしていた。私たちはホールクロフトについて少しばかり話した。彼はホールクロフトに対して感嘆してはいないのかと訊かれたが、むしろ感嘆してしまう恐れの方が大きいとした。私は彼が私に対して少しも話を進めせてくれないことに不平を漏らした。というのも彼は最も一般的な単語にすらその定義を「興奮によってとはどういう意味ですかな？」と叫びながら訊いてきたからだ。これについてコールリッジは、真理への道を妨害していたと述べた。まるで一歩一歩に通行料取立門が築かれているようだった。覚えていたことよりも遥かに多くのことを私は忘れてしまった。だがその日は心地よく過ぎていき、翌朝コールリッジ氏はシュルーズベリーに戻る予定であった。私は朝食を摂りに降りていくと、彼が友人のＴ・ウェッジウッドからちょうど手紙を受け取ったばかりで、彼に対してもし今追及していることを断念し、己を完全に詩と哲学に捧げるのならば、年に一五〇リットル提供すると書かれていた。コールリッジはこの申し出に対して、まるで自分の靴紐を結ぶかのように受け入れることを決心したかのようだった。このことは彼の出発において更なる湿気を加えたかのようだった。それは気儘な熱狂者が私たちから離れ、デヴァの畝った谷間や、古き物語に見られるような岸辺へと誘い入れた。十マイル離れた所に住み、シュルーズベリーの非国教徒の集いの牧師となる代わりに、それ以来彼はパルナッソスの丘に住まいを置き、喜びの山々の羊飼いになることとなった。ああ！私はそこに至る道が分かってなく、ウェッジウッド氏の助成に対する感恩は殆どなかった。やがて私はこのジレンマから切り抜けることができた。ペンとインクをせがみ、ちょっとしたカードに何かを書こうと机に向かおうとしていたコールリッジは波立つように私の方へと寄ってきて、自分の住所、コールリッジ氏、ネザー・ストーウィ、サマーセットシャーが書かれているとしてその貴重な資料を私にくれた。そしてそこで数週間後に会い、そしてもしよければ、途中までは自分の方から会いにいくと言ってくれた。このことは羊飼いが（この比喩は『カサンドラ』においても描かれる）自分のすぐ近くに雷が落ちたときと劣らぬ驚きを私に与えた。私は吃りながら、この申し出を承諾する旨を出来る限り伝えた（私はウェッジウッド氏の提供する年金はそれに比べれば些細なものだと考えた）。そしてこの大いなる取引が完了したから、詩人説教師は暇を告げ、私は彼に六マイルほど通りを同伴した。それは冬の中頃の素敵な朝であり、歩いている間ずっと彼は喋っていた。チョーサーの学者はその時の様をとした。かくしてコールリッジは話を続けていった。脱線し、詳しく述べ、色々なテーマを渡り歩いている彼の様は、私にとって空中に浮かび、氷の上で滑っているように見えた。彼は（一緒に進みながら）内密に、シュルーズベリーの職務を受け容れる前に説教を二つ説くべきであったとした。片方は幼児の洗礼について、もう片方は主の晩餐であり、どちらもうまく説教することができず、そのため自分の取り組もうとしていることにとても不適任になってしまうとした。私は彼が通りの片側からもう片側へと移ることにより継続的に私の進行を妨げているのを見て取った。私はこれを奇妙な動きとして捉えた。だが当時私はこのことを意図の不安定性や本質が非自発的に変化したものとは結びつけず、そう結びつけたのはそれ以後のことだった。どうも彼は一直線に進むことができないようだった。彼はヒューム（彼の『奇跡についての試論』はサウスの説教で投げかけられた異論から盗用したものだと述べた――ユダヤ人アペッラに信じさせろ【Credat Judeaus Apella】!）について軽蔑しながら話した。彼のこのヒュームに対する評価は私にとってあまりに喜ばしいものではなかった。というのもちょうどその頃私は無限の愉悦を持ちながらあのあらゆる形而上学的なセイヨウナシの最大の完成品とも言える、彼の『人間性格論』を読み込んでいて、それに比べて彼の試論は学術的な巧妙さや厳格な理論立ての点では単に装飾的なだけの些細なものであり、爽やかな夏の日に読むものであると考えていた。コールリッジはヒュームの一般的な文体の素晴らしさについても否定し、そのことは美的趣向や素直さが欠けていることを露呈させていると思った。だが、彼がバークリーについて言及した時、コールリッジに対する私の評価は修正された。『視覚論』を分析的な推論としての傑作だと殊更に言い続けた。そして実際にそのことに疑いはない。ジョンソン博士に対して『物質と精神に関する理論』を暗示しながら足で石を蹴るくらいに非常に怒りを向けていた。「このように私はあいつを論破するのだ」と彼は言った。コールリッジはバークリー司教とトム・ペインを関連づけた（どうやってそれらを繋げたのかは私にはわからない）。彼は一方は巧妙さ、もう一方は鋭利な頭脳の印であり、これほどそれらの点で卓越していることはない、と述べた。一方は商店の店員らしいもので、もう一方は哲学者としての特徴を備えているとした。彼はバトラー司教を真の哲学者だと看做し、深遠で良心的な思考者であり、自然と己の精神を真実に読む者だとした。バトラーの『類似』についてではなく、『ロールの礼拝堂における説教』について言及したが、それについては今まで耳にしたことが全くなかった。コールリッジはどういうわけか知られている者よりも知られていない者の方を好もうとしていた。この場合においては彼が正しかった。『類似』はソフィスト的な、微に入り過ぎた神学的な面において手前勝手に述べているだけのものが連続しているだけだとした。『説教』（とその序言）は深遠で成熟した省察、私たちの性質の洞察に対する素直な訴えが申し分なく添えられていて、偏見もなく学を衒っているところもない。私はコールリッジに、それに少々の注を挿れて、同じ主題（『人間精神の先天的な私心のなさ』）において新たな発見をしたと思い込むくらいに愚かだったこともあると伝えた。そして私はこのことについての私の感想をコールリッジに伝え、それにとても好意的に耳を傾けてくれたが、自分の言いたいことを理解させるには至らなかった。それから少ししたら、私の伝えたいことを理解させるために二十回目として腰を下ろし、ペンと紙を用意して事をわかりやすく伝えようとした。数学的な実証を概要の形で書き出して、二ページ目までの半分まで書いていった。そしてここ四、五年身を没頭させていた抽象の深みから言葉やイメージ、観念、考え、事実や洞察を無益にも汲み出そうとした後、もうこれ以上しても無駄だと感じ、白紙の未完の紙の上に無力感に捕らわれた失望からくる涙を流した。今では私は十分に速く書くことができる。私はあの時よりも優れているのだろうか？いや違う。一つの真理を見出したこと、形容できないような後悔の一苦悶は、世間の雄弁性や軽薄さの全てよりもましなものである。その当時の自分に戻ることができたなら！一体どうして私達はかつての場所を再訪できるのに、かつての時間を蘇らせることができないのだろうか。もし私を奇抜なムーサやサー・フィリップ・シドニーが助けてくれるのなら、私はウェムとシュルーズベリー間の通りについてのソネットを書き、何か大層な独特で理解し難い表現によってその一歩一歩を不滅のものにすることだろう。そこにあった標識は全て耳をもち、ハーマー＝ヒルは全ての松の木を曲げて、通り過ぎたその詩人に耳を傾けただろう！こうして歩いている時の話題を、もう一つだけ覚えている。彼はペイリーについて言及し、文体の自然さや明晰さについて褒め称えはしたが、逆に彼の感性については非難し、単なる一時の詭弁家であって「彼の『道徳と政治の哲学』が大学において教科書として取り上げられたという事実は本質に対しての恥辱である」と述べた。私たちは六マイル石において別れた。そして私は物思いに耽りながら帰路についたが、とても嬉しい様子だった。私に対して偏見を抱いていると思われる人から不意に注意を向けられたことに気づいた。「彼の遜った様子は私にとって親切で愛想よく思え、適切な眼差しと共に永遠に褒め称えられるべきである」。彼は私が知った初めての詩人で、そしてそのような霊感を授かった名前に当然に応えたのだ。私は彼の会話力について多数のことを耳にして、それに失望を覚えることもなかった。実際、私は彼らのような者と今まで出会ったことなく、一晩か二晩前に紳士淑女たちの大きな会合を開き、バークリー的な理論を語り上げたことにより、物質界全体が立派な言葉の透明性のように変えたという話を私は簡単に信じることができる。そして別の身の上話（それは彼自身がどこかで話したことだった）としてバーミンガムのパーティに招待されタバコを吸い夕食後にソファの上に寝ようとした時、同行者が大なり小なり驚いたことに彼を見つけたのだが、もっと驚いたことにコールリッジが突然起き上がり、目を擦り辺りを見回して、夢の中で見た第三の天国について三時間詳しく語り始めて、それはサウジー氏の裁きのヴィジョンとは全く異なり、また殊更に記憶していたブリッジ通りの結社の長官であるムレー氏が描いた裁きのヴィジョンとも異なっていた！

私が帰路についていた時、耳に音が聞こえてきた――それは空想の声だった。私の眼前に光があった――それは詩の顔だった。それはまだそこでぶらついていて、もう片方も私の側から離れなかった！コールリッジは実際、哲学の土壌の途上で私と遭遇し、さもなくば空想的な信条に屈服するべきではなかった。彼を再訪するまで私は不安ながら楽しい興奮をずっと感じていた。その数ヶ月の間、冬の凍える息吹は私を歓待した。春の空気は清々しく、私を鼓吹してくれた。黄金色の日没、夕焼けの銀色の星が私の新たな希望と展望の道のりを灯してくれた。私はコールリッジを春に訪問する予定だった。そのことは私の頭から離れることは決してなく、私のあらゆる感情と織り混ざった。私は指定された時間に彼に手紙を認め、返事として私が予定していた訪問を一、二週間延期する旨が返ってきたが、約束を私が果たすようにとても懇切丁寧にせき立ててくれた。この延期については、私の気分が挫かれるどころか、より熱意を湧き立たせた。その間、私はランゴーレンの谷へと行き、自然の光景の神秘を手本にして学ぼうとした。そして私はそこに魅了されたと言わなければならない。私はコールリッジの『過ぎゆく年月に寄せる頌歌』において描写されているイギリスの様子を読んでいて、私は愛情を添えながら【con amore】、眼前にあった事物に対してそれを適用させた。その谷は私にとって（いわば）新たな存在の揺り籠であった。風が吹き過ぎてゆく川では、私はヘリコンの水によって私の魂は洗礼を授かったのだ！

私は帰宅し、すぐに倦まぬ心を抱え、疲れを知らぬ旅に出かけた。私の進んだ道はウスターとグロスター、そしてアップトンを通っていき、そこで私は『トム・ジョーンズ』と売春婦の冒険について考え込んでいた。ある日私は完全にびしょ濡れになったことがあり、宿屋で過ごし（確かそれはテュークスベリーだった）『パウルとヴィルジニー』を読むために一晩中起きていた。若き頃の私を濡らした雨のシャワーは実に甘美なものであり、本の上に滴った憐憫の雫もまた甘美であった！まさにこの本についてコールリッジが言及したことについて思い出す――最後の宿命的なシーンにおいて、沈みゆく船にいるヒロインの命を助けるために主人公が泳ぎやすくするために服を脱いだがために彼女が彼を拒絶するという描写ほど、フランス人の不品行と彼らの空想力の全き腐敗を示すものはないだろう。その時はそういうことを考えるべき時だっただろうか？私たちがグラスミアの湖で彼のボートに乗っている時、私がワーズワースについて仄めかしたのだが、私は、ワーズワースが詩作の『場所の名前に寄せて』のアイディアを『パウルとヴェルジニー』と同じような地元の碑文から借用したのではないかと考えたと伝えた。彼はそれにには何の問題もなく、自身の独創性を弁護するため非凡な部分をいくつか挙げた。ほんのかすかな違いさえあれば、彼の精神上の目的において十分なのだ。付け加えたり変更したりしたものは不可避的に他の人がなしたこと全てと等しい価値を持ち、感性の真髄を抱えるようになる。――私の到着予定の日時までまだ二日ある。というのも私は気を使い十分に早く出発したからだが、その二日でブリッジウォーターで過ごした。そしてその泥っぽい川の土手をぶらぶらすることに飽きてきたら、宿屋へと戻り『カミラ』を読み始めた。かくして私は本を読み、絵画を見て、劇を見に行って、聞いて、考えて、一番喜んだことを記すことによって己の人生を当てもなく過ごした。私は自分を幸福にしてくれるただ一つのことが不足している。だがそれが不足していることは、全て不足していたということなのだ！私は到着し、快く受け入れられた。ネザー・ストーウィ周囲にある地方は美しく、緑で丘陵に富んでいて、海辺の近くにある。私はそれを見たのは二十年経過した別の日であり、トーントンの近くにある丘から見たのである。その地方の地図が私の足元で開かれながら、私の人生の地図はどのように私の眼前で広げられていただろう。午後に、コールリッジは私をオール・フォックスデンへと連れてってくれて、ワーズワースが住んでいたセント・オービンズのロマンティックな古い家族邸宅へと案内してくれた。その時その家は詩人の友人が所有権を持っており、自由に使うことができた。だがその時期（ちょうどフランス革命が終わった頃）は何かがただ同然に渡されるような時ではなかった。開放された柔和な精神が、個々の、自己愛の「梯を登る梯子の」下にある心へと押し寄せてくるのが知覚されるかもしれない。ワーズワース本人は家から離れていたが、彼の妹は家を管理していて、私たちの前に質素な食事を運んできてくれた。そして彼女の兄の詩である『抒情詩集』を自由に読むことができ、それはまだ手稿の段階にあるか、内容がはっきりしない草稿の状態にあるかのどちらかだった。私は大いに満足な気分でそれらの幾つかに、新人のような誠実さを持ちながら身を浸した。私はその夜は青いカーテンがあり、ジョージ一世と二世の時代の丸顔の一家の肖像が掛けられている古い部屋で眠りをと

り、夜明けにその部屋の窓から眺めることができた隣接する公園の木に覆われた下り坂からは

成熟した鹿が大きく喋るのが聴こえた

人生の初期においては（そしてその頃がその時期だと思っていた）空想が具現化される。私たちは睡眠と目覚めの中間にいて、数奇な形状については漠然とだが栄光的な一瞥があり、実際に目で見るものよりもよりよいものを捉えるのだ。私たちの夢の中では血液の充満は脳が作り出したものに対して暖かさと現実性を付与するのだが、同様に若い時は私たちの観念は衣装に包まれて養われ、自分たちの善良な魂によって甘やかされ、無思慮で濃厚な幸福を呼吸し、将来の年月の重みが心の強い脈にのしかかり、真実と善徳への妨げられぬ誠実さで身を安らげるのである。年を重ねるにつれて、人は楽しさと希望の資本を蕩尽していく。もはや人は楽園で紡がれる羊毛に身を包むことはなくなる。人生の愉悦を味わうと、そのエキスは蒸散していき、感性は無味乾燥なものとなっていく。そして残るのはただ幻影、かつて在りしものの生命なき影だけである！

その朝、朝食が終わるとすぐに公園の方へと歩いていき、地面に沿って伸びていた古いトネ

リコの樹の幹に腰を下ろして、コールリッジは響き渡る音楽的な声で『ベティ・フォイ』のバラードを大声で読んだ。私はそこまで気乗りしていたというわけではなかった。その作品には真理と自然の色合いが感じられ、残りについては自明のものと看做した。だが『茨』、『狂った母』、そして『貧しいインドの女性の不満』においては、この作家の本質として前から

プライドに関わらず、悪意という罪を犯す理性において

認められていたより深遠な力と熱情【パトス】を感じた。そして詩における新たな文体と新たな精神性が私に湧いてきた。それは瑞々しい土壌から掘り返された時の効果のような、あるいは春の最初の喜ばしい息吹のようなものがあった。

震える年月はまだ決まらぬまま

コールリッジと私はその晩にストーウィへと歩いて戻り、夏の月光の美しい水流や煌めく滝に沿いながら、こだまする小森を通り、その間

摂理、予知、意思、そして運命、定められた運命、自由意志、絶対的な予知として

彼の声は高く響いていた！ワーズワースはこの場所の伝統的な迷信を信じようとはしない性質で、結果として彼の詩において何か物質的な、現実的なもの、感知可能なものへの愛着、大抵それは些事への愛着があると嘆いた。彼の天才性は天から降ってきたようなものではなく、地面から花のように咲き出てきたり、ゴシキヒワがそれに乗って囀っていた花が開花した美しい木の枝から展開したようである。だが（私の記憶が正しかったらだが）、この評価は彼の叙景的な作品においてのみ該当し、哲学的な詩は偉大で包括的な精神があり、そのため彼の魂は宇宙を宮殿のように含んでいて、演繹法ではなく直感によって真理を発見する。次の日ワーズワースはブリストルからコールリッジの小別荘に到着した。私は今では彼が見えるように思える。ワーズワースの実際の様子は彼を描写した友人の言葉とある程度一致していたが、もっと奇抜でドン・キホーテを思わせた。彼は茶色いファスチャンのジャケットと縞模様のズボンで

（あの自由な時代での衣装に従う形で）変わった風に身を包んでいた。彼の歩きぶりはどこかぶらぶら歩いているようなところがあって、彼の『ピーター・ベル』と似ていなくもない。彼の顳顬の周りには厳格でやつれた圧搾があり、目には火が（あたかも彼が事物を外観以上のものとして見抜いているかのように）あり、激しく、高く、狭い額、ローマ鼻で頬が強烈な目的意識によって皺が寄っていて、口の周りには笑おうという確固たる様子があり、それは彼の顔の残りの部分の厳粛で堂々とした表情とは大きく対照的である。シャントレーの作ったワーズワースの胸像ではこのような顕著な特徴が欠けている。だが彼は均整がとれて生気のない状態で創作するように催促されていたのだ。ヘイドンが創った彼の顔は、それは『エルサレムへと入るキリスト』において持ち込まれているが、彼の思考と表情が項垂れる重々しさを最も表現している。彼は腰を下ろして、とても自然に自由闊達に話し、その際の声色は澄んだ大袈裟なくらい感傷的な響きが混ざっていて、喉から出る深いイントネーションをしていて、ワインに浮かぶパンの皮のように、北方的な発音が強烈に出ていた。彼はすぐに机の上にあったチェシャーチーズを半分食い尽くしてしまい、勝ち誇ったように「私の経験したこともサウジー氏が私にこの人生における良きことの知識を教えてくれたほどには生産的ではなかった」と述べた。彼はマンク・ルイスの『亡霊の城』をブリストルにいる間観劇していて、それをとても巧みに描写した。彼は「観客たちの感性にまるで手袋のようにはまった」と述べた。だがその作品の人気取りのためにあるような長所は、新たな学派の厳格な原理に従えば決してその作品を推してもいいようなものではなく、大衆的な人気を得るよりも拒絶することとなる。ワーズワースは低く、格子のある窓から外を見ながら、「黄色の川岸になんて美しく太陽は沈んでいくのだろう！」と言った。私は「なんて目で詩人たちは自然を見るのだろう！」と内心思った。そしてそれからずっと後に、面した対象物に対して沈む太陽が光を照らしている光景を目にした時、私は自分が新たな発見をしたことを感じ、ワーズワース氏が私にそのようなことを前に一つ示してくれたことに感謝したのだ！オール・フォックスデンへと翌日再度足を運び、ワーズワースは戸外で『ピーター・ベル』の話を読み上げてくれた。そして彼の表情と声によってその作品に示されていた解釈は、後のいくつかの批評家のそれとは大きく異なるものだった！その詩について何と思われようと、「彼の顔はそこから奇妙な物事を読み取れるような本であった」のであり、己の主人公の運命を預言的な口調で告げたのだ。これはコールリッジとワーズワース両方の朗読における詠唱であり、聴衆者に対して呪文を働きかけ、裁きをする意思を挫かせる。もしかするとこの多義的な声調が習慣的に彼ら自身を欺いていたのかもしれない。コールリッジの態度はもっと朗々と活気があり多様性に富む。ワーズワースはもっと均一的で、持続可能で、内向的である。一方はもっとドラマティックであると言え、一方はもっと叙情的であると言える。コールリッジは彼自身が平らではない地面の上を歩いたり、冗漫に伸びた下草の枝を突き進みながら創作することが好きだと言っていたことがあった。一方でワーズワースは常に（可能であったならば）まっすぐな砂利の道を行ったり来たりしたり、自分の詩が妨げられることなく紡ぎ出し続けることができるようなどこかの場所で書くようにしていた。その日の晩に戻り、私はワーズワースと形而上学的な論争をして、他方でコールリッジは彼の妹に対してナイチンゲールの多様な囀りについて説明していて、私たち二人は彼の言っていることを完全に捉えて理解することができなかった。このようにして私はネザー・ストーウィとその近隣において三週間を過ごし、我らが詩人の友人のトム・プールによって樹の皮によって作られた庭園で楽しいお喋りに午後身を専ら注いでいた。立派なニレの木の下に座り、蜂が周囲にブンブン鳴り、フリップ酒を大いに飲んでいた。ブリストル河道のリントンに及ぶまでちょっと遠出をしようと、他のことと共に話が決まった。コールリッジとジョン・チェスターと私で歩いて出発した。このチェスターという男はネザー・ストーウィ育ちの人間であり、蝿が蜂蜜に引き寄せられたり、蜂が真鍮の鍋に群れてくるように、彼はコールリッジの会話に対して惹かれていた。彼は「狩りをする犬のように追跡するが、鳴き声を上げるようなものとは違った」。茶色の布のコート、長靴、うねったビロードを着ていて、家畜商人のように引き摺りながら歩き、その際己をハシバミの杖で支え、駅馬車の馬丁のようにコールリッジの側を一種の早足で歩き続け、コールリッジの唇から漏れてくる音節と音を聞き逃さないようにしていた。個人的な意見としてコールリッジは素晴らしい男だと教えてくれた。ほとんど唇を開けることなく、思っていた意見もあけすけに言ったわけではない。だがこの三人の中で最も好ましい人は誰かと言われれば、それはジョン・チェスターとなる。彼は後になってドイツへと赴いたコールリッジへと付いて行った。そこではカント的哲学者たちが彼を彼らのカテゴリーにどのように区分けすればいいのかわからなかった。彼が己の偶像と同じで机で腰を下ろしたら、ジョンの幸福は完全に満たされた。ウォルター・スコットやブラックウッド氏が国王と席を共にしたとしても、ここまで幸福ではなかっただろう。右手に向かって歩き、道坂と海の間にある小さな町であるダンスターを通り過ぎた。私はその見下ろすようにしたあった風景に悲しげに目を注いでいたことを思い出す。周囲の木が多数ある風景とは対照的に、その光景は私が今まで見たことがなかったような、清澄で純粋で、茶色く理想的な美しさを備えていて、まるでプッサンやドメニキーノのガスパールのようだった。一日長い時間をかけて行進し——(私たちの足取りはコールリッジの舌からくるこだまに歩調を合わせた)——マインヘッドとブルー・アンカーを通って、そこからリントンへと向かった。真夜中近くになってようやく到着し、そこで宿泊するのにかなり骨折った。だがなんとか宿の人たちを叩き起こして宿泊することができ、その日の私たちの不安と疲労も素晴らしい焼いたベーコンや卵を戴いたことによって報われた。そこへと向かう際の光景は壮麗であった。私たちは何マイルも何マイルも河道を見渡すことのできる茶色の荒野を歩いていき、その後ろにはウェールズの丘があり、時には海辺の近くにある隠れ家的な村へと降りることもあり、その際眉を顰めた密売人がこちらに目を向けていた。そして円錐状の丘の登り低林を蛇行する道を上っていきながら、剃髪した修道士が被る冠のように痩せた頂へと登った。そこからコールリッジに対して、地平線の一番端にある船舶の剥き出しの帆と、それを包む沈みゆく太陽による球体の紅の黄昏時の風景を彼に示して注意を向かわせた。その船は彼の『老水夫行』の亡霊船のようだった。リントンにくるとその海辺は際立った特徴が増え始め、道も平らではなくなった。「岩の谷間」と呼ばれる場所があり（これが唯一の詩的な名称だと思っている）、それは海に上から掛かっている断崖としての地層を成していて、その下には岩の洞窟があり、その中に波が素早く流れていて、かもめが延々と叫びながら飛んでいる。これらの頂においては巨大な岩が横に投げられた形であり、あたかも地震がそこにその岩を放り投げたかのようであった。そしてその後ろには、垂直な岩の明暗の斑紋があり、そこは巨人の土手道のようである。私たちが宿屋にいた時、暴風雨がきて、翌朝コールリッジは頭に何も被らないまま岩の谷間の騒乱を楽しもうと走り出て、まるで意地悪をするかのように、雲はいくつかの怒声を上げて、少々の瑞々しい雨を降らすだけであった。コールリッジは自分とワーズワースはこの場所の光景を『アベルの死』のような様式として、だが遥か優れたものとしての、散文逸話として用いることとしたが、結局その計画は放棄した。二日目の朝、古めかしい客間でお茶、トースト、卵、蜂蜜といった贅沢な朝食をとった。その蜂蜜が取られた蜂の巣箱と、タイムと野草でいっぱいの庭園が目の前にあった。この時、コールリッジはウェルギリウスの『牧歌』について触れたが、それほど巧みとは言えなかった。彼は古典的なものや気品あるものには思い入れがないようだ。この部屋において私たちは『四季』の少し擦り切れた模写を見つけた。窓側の席に横になりながらコールリッジはこう叫んだ。「それは実に名誉なことだ！」彼はトムソンは優れているというより偉大な詩人であるとした。彼の考え方は自然なものだが、彼の文体はけばけばしいとも言った。現代の詩人の中ではクーパーが最も優れているとした。彼は、抒情詩集は彼とワーズワースによって試される実験みたいなものであり、それによってそれまで書いてきたものよりももっと自然に簡素に書かれた詩に大衆がどのくらい耐えられるかを確かめようとした。詩的表現による工夫を完全に省みず、ヘンリー二世の時代以来からの最も平凡で一般的だと思われる言葉遣いだけを使用した。シェイクスピアとミルトンとの比較も幾分か持ち出された。彼はこう言った。「自分がどちらを好めばいいかわからない。シェイクスピアは芸術にとって純粋な若造であり、強靭であると同時に端麗であり、ミルトンよりも無限にエネルギーに富んでいる。だが彼は人の所有物となることはなかったようだ。仮にそうだとしたなら、彼は人ではなく怪物であったことだろう」。彼はグレイを軽蔑し、ポープはまあまあ我慢できるとした。後者の詩の創作法は気に入らなかった。彼は「これらの二行連句の書き手たちの耳は、作品全体において調和を保持することができないような記憶力の悪さを持っているとして非難されるべきかもしれない」と言った。ユニウスは作家として低い評価を下していて、ジョンソン博士についてては嫌悪していた。そして雄弁家や政治家としてはフォックスやピットよりもバークの方を遥かに高く評価していた。だが彼は何人かの先輩の散文家、特にジェレミー・タイラーに比べて文体と描き出すイメージについてとても劣っているとした。彼はリチャードソンを好んでいたが、フィールディングは好きではなかった。またケイレブ・ウィリアムズが持つような長所も欠いているとした。端的に言えば、彼は自分が好んでいた作家に対しては尊敬の念を伴いながら鋭く観察し深く理解したのであり、その点において彼の判断力は存分に正しく発揮された。だが彼が敵意や嫌悪を向けるものには、気まぐれで、片意地で、偏見を伴って目を向けた。私たちは「畝の出来た海砂」でぶらつき、このような話をしながら朝をずっと過ごして、ジョン・チェスターが地方特有の呼び方を教えてくれた変わった海草を目にしたことを覚えている！漁師がコールリッジに対して、先日ある少年が溺れ、彼を救うために自分たちの命も危険を犯さなければならなかった話を聞かせた。「彼らがどのようにして危険を犯したかは自分ではわからないが、私たちはある本質を互いに共有しているものだな」と言った。このようなコールリッジの表現をついて、私が採用していた無私の（バトラーと共通した）理論を優れて描写したものとだと思った。私は彼に私の理論を持ち出して、類似性というのは単なる観念の連想ではないとした。砂にある足跡はある人の足を連想させるが、それは人間の足の前の段階の印象の一部であったからというわけではなく（何せまだ新しいものだったから）、人間の足の形のようであったからだ、と述べた。私のこの弁別（好奇心を満たすために別の場所で詳細に語った）の正確さに彼は同意してくれた。ジョン・チェスターもそれに耳を傾けてくれていたが、それはそのテーマについて興味があったからではなく、コールリッジに対して彼が知っていなかったことについて私が何か切り出すことが出来たことに驚いていたからだ。三日目の朝に戻り、数日前の夜では光が微かに暗闇を割いていくのを目にしたその谷間から、小別荘の煙が黙々と舞い上がっていたことをコールリッジは指摘した。

一日か二日すると私たちはストーウィに到着し、そして私は家に、彼はドイツへと出発した。それは日曜日の朝のことで、その日トーントンのトゥールミン博士による説教の予定であった。私は彼にそのために何か準備したのかを尋ねた。彼はテスクトについて考えてすらおらず、お互い別れたらすぐに取り掛かるとした。その説教を聞きに行かなかったが――それは間違いだった――ブリッジウォーターで晩に会った。翌日私はブリストルへと長い散歩をして、通りの井戸端に腰を下ろして身を冷やし喉の渇きを癒したことを思いだす。その時、コールリッジは彼の悲劇『懺悔』における幾つかの叙景的な行を繰り返した。それは彼の言葉としてよく似合っていて、その時のことは、数年後にエリストン氏とドルリー・レーンの舞台で口にされたものよりも優れていたと言わざるを得ない。

ああ、記憶よ！世界の貧しき確執から私を守り
これらの光景に汝の永遠の命を授け給え

それ以来一年か二年彼とは会わなかったが、その期間彼はドイツのハルツの森を彷徨い歩いていた。そして出発した時とは違い彼は彗星のように突然戻ってきたのだ。彼の友人であるラムやサウジーと出会ったのはそれからさらにある程度時が経ってからだ。サウジーの方は（私が最初からを見た時のように）いつも通俗的な本を腕に抱えているようであり、ラムは気の利いた文句をいつも口にしているようだった。私がホールクロフトとコールリッジと再会した時はゴッドウィンにおいてであり、彼らはそこでどちらが最高かを激しく論争していた――実に男らしい方か、男らしくなる方か。「彼のようでない男は紹介してくれ」とラムは言った。この言葉が私とラムの友情の始まりであり、その友情も私は今でも続いていると思っている。――だがこの辺で切り上げるとしよう。

だが別の韻文のためのものがあり
その点において私は第二の話を加えよう

訳者紹介
高橋 昌久（たかはし・まさひさ）
哲学者。
Twitter: @mathesisu

カバーデザイン　川端 美幸（かわばた・みゆき）
e-mail: bacxh0827.miyukinp@gmail.com

短編繍

2025 年 1 月 23 日　第 1 刷発行

著　者　　アルフォンス・ドーデ他
訳　者　　高橋昌久
発行人　　大杉　剛
発行所　　株式会社 風詠社
〒 553-0001 大阪市福島区海老江 5-2-2 大拓ビル 5 - 7 階
TEL 06（6136）8657　https://fueisha.com/
発売元　　株式会社 星雲社（共同出版社・流通責任出版社）
〒 112-0005 東京都文京区水道 1-3-30
TEL 03（3868）3275
印刷・製本　小野高速印刷株式会社

ISBN978-4-434-34727-6 C0098
乱丁・落丁本は風詠社宛にお送りください。お取り替えいたします。